中国历代通俗演义故事·农闲读本

海公案

原著　佚　名
编著　陈雪莲
插图　姚博峰

吉林出版集团股份有限公司

图书在版编目(CIP)数据

海公案 / 陈雪莲改编. —长春：吉林出版集团股份有限公司，2008. 11(2023.8 重印)
(中国历代通俗演义故事：农闲读本)
ISBN 978-7-80762-936-8

Ⅰ. 海… Ⅱ. 陈… Ⅲ. 侠义小说—中国—清代—缩写本 Ⅳ. I242.4

中国版本图书馆 CIP 数据核字(2008)第 165846 号

HAIGONG AN

书　　名 海公案
出版策划 崔文辉
责任编辑 徐巧智
出　　版 吉林出版集团股份有限公司
(长春市福祉大路 5788 号，邮政编码：130118)
发　　行 吉林出版集团译文图书经营有限公司
(http://shop34896900.taobao.com)
制　　作 猫头鹰工作室
电　　话 总编办 0431-81629909 营销部 0431-81629880
印　　刷 三河市金兆印刷装订有限公司
开　　本 889×1194 毫米 1/32
印　　张 6.5
字　　数 104 千字
版　　次 2008 年 11 月第 1 版
印　　次 2023 年 8 月第 2 次印刷
标准书号 ISBN 978-7-80762-936-8
定　　价 38.00 元
(如有印装质量问题请与出版社调换。联系电话：18533602666)

前　言

海瑞生于明武宗正德九年(1514),卒于明神宗万历十五年(1587),卒年七十四岁,海南琼山(今海口)人,字汝贤,自号刚峰,是明代著名的政治家。海瑞和宋朝的包拯包青天一样,是我国古代有名的清官。他从小喜欢读书,机智聪敏,博学多才,嘉靖二十八年(1549)中举。嘉靖四十五年(1566)出任户部云南司主事,曾上书批评明世宗迷信巫术,生活奢华,以致于荒芜朝政,遭到奸臣迫害入狱,明世宗死后才被释放出狱。隆庆三年(1569)调升为都御史,后因受到排挤而被革职,闲居十六年之后,在万历十三年(1585)被重新起用,先后出任南京吏部右侍郎、南京都御史,两年后病死在任上。海瑞从县令到都御使,明察暗访,详审细究,多次平反冤假错案,打击贪官污吏,斩土豪,平匪乱,正气压倒奸邪,德服周边藩国,所以被时人及后人称为"海青天"。

海瑞一生为官清廉,刚正不阿,深受老百姓的爱戴。海瑞病逝的时候,家里一贫如洗,最后只用一件大红布袍裹着入殓。海瑞死后,许多老百姓都很怀念他,有的便在家里挂画像纪念海瑞,民间也流传了很多关于海瑞的故事,后来经过文人墨客的加工整理,便有了我们今天读到的著名长篇公案小说《海公案》。

本书是根据明清公案小说《海公案》中的《海公大红袍

传》改编而成，以海瑞的一生遭遇为主线，重点讲述了海瑞审案的故事，全书共计二十六回。就本书的内容而言，在改编过程中有以下的特点：

第一，在人物塑造方面，着力刻画海瑞刚正耿直的性格，同时用奸贼的阴险狡诈、诡计多端，来衬托海瑞不屈不挠、铁骨铮铮的高大形象。通过海瑞和皇后、太子之间互相救助的感人故事，来刻画海瑞的耿直无私。并且还用很多笔墨刻画了海瑞两次收服盗贼刺客和两次平藩，意在突出人们对海瑞的敬仰。

第二，在环境塑造方面，《海公案》成书于万历三十四年（1606），当时明代由盛转衰，书中典型环境的塑造深刻反映了当时的社会现状：从藩国和内地之间的贸易可以看出，商业活动已经日益频繁；从盗贼出没到需要严加治理的情况可以看出，当时的社会混乱以及官府的无能。

第三，在案情分类方面，全书可以分为劫盗、诬陷、宫廷纠纷、奸情等五大类，其中又包含一些小类，这些案件都是一般社会上的民事或者刑事案件。

第四，在语言表达方面，本书是在明清话本小说《海公案》的基础上改编而成，语言通俗易懂，且又保留了原作对典型人物性格进行刻画时所具有的独特的口头语和肢体语言。

本书的故事情节曲折紧凑，人物形象有血有肉，结构安排上错落有致，悬念叠起，是我国明清公案小说的最高成就的代表作之一。

编　者

目录

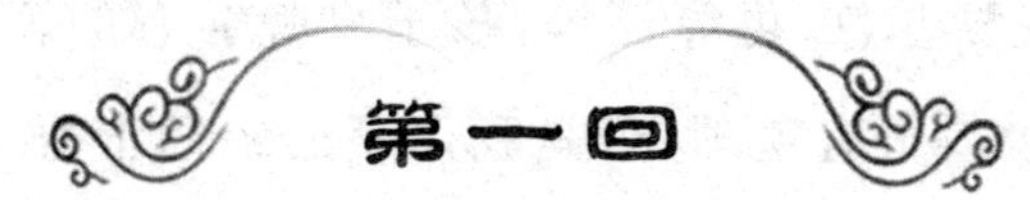

第一回

缪氏怀孕有灵异 海瑞年少显聪慧

有词说得好：

人生南北多歧路，将相神仙，也要凡人做。百代兴亡朝复暮，江风吹倒前朝树。

功名贵显无凭据，费尽心机，总把流光误。浊酒三杯沉醉去，水流花谢知何处？

话说明朝正德年间(1506 至 1521 年)，海南有一个叫海璇字玉衡的人，祖祖辈辈都住在琼山县附近的乡里。玉衡娶的媳妇是同县缪廪生的妹子(廪生就是优秀的学生，官府每月给发补助)。玉衡妻子出身于书香门第，对三从四德都非常熟悉。自从嫁到海家以来，夫妻俩相敬如宾，感情非常好。玉衡考了很多次都没有考中，慢慢地就无意于考取功名了。天天看书写诗，自娱自乐，处处行善积德。

就这样子过了很多年，玉衡已经四十三岁了，还没有一男半女。俗话说，不孝有三，无后为大，他的妻子常常为这件事忧愁，常常劝丈夫娶个小妾，好延续海家的香火。玉衡总是一本正经地说："我俩为人一心向善，我们海家的祖宗都读儒家的书，遵从礼法，行事历来积阴德，想我海家还不至于会绝后，你不要着急，再等一等，孩子早晚会有的。”妻子回答道：“相公说得很有道理，可是我今年已经四十岁了，已经没有生孩子的希望了，我是为你们家香火着想啊！”玉衡笑着说：“呵呵，你看那些妻妾成群的家庭，整天为了争风吃醋而吵吵闹闹，为什么呢？因为没有一个丈夫不偏爱。他们娶妾本来是为了得到快乐，却增加了烦恼，我不想看到这种情况。你还健壮，能生育的，如果我海璇命里注定没有儿子，娶了小妾，也只不过是沉醉于酒色而已，又有什么好处！”见丈夫如此坚持，玉衡的妻子也不再说什么了。从此以后，夫妻俩更加相爱。玉衡家虽然不富裕，但是遇到亲朋邻里之间有事，总是慷慨解囊，广做善事。

很快又过了三年，玉衡妻子四十三岁了。有一天，忽然阴云密布，雷鸣电闪，下起了大暴雨。玉衡正在书房里看书，忽然看见一个东西从天而降，细看长得非常丑恶，面目狰狞，浑身长着一片一片金光灿灿的毛，直奔向玉衡的书桌子底下，一下子就不见了。玉衡知道是怪异的东西下来避劫难，就任由它躲藏，还趴在书桌上护着。不一会，雷电之光直射进书房，朝玉衡趴着的方向射过来。说来也怪，那雷火一到玉衡身旁就灭了。这样子过了约有半个小时，那雷声渐渐小了，电闪也灭了。玉衡有点害怕，立刻离开书桌。这时候已经雨过天晴，雷声也没有了。只见那怪兽从桌子底下钻出来，朝着玉衡作磕头的样子。玉衡摆摆手，让它离开。谁知那个怪兽出了书房，不往外跑，反而往后院去了。玉衡怕妻子受到惊吓，赶紧跟着，可是跟到里屋门口，那个怪兽突然不见了。玉衡心里很是奇怪,只不过这件事太荒唐,他就没有对妻子说什么。

半个月之后,玉衡的妻子没有来红,起初还以为是年纪大了绝经了,便没有在意。过了三五个月,才发现肚子大了起来,这时候大家才意识到玉衡的妻子怀孕了。玉衡高兴坏了,连连感叹老天有眼,不让他海家绝后。玉衡的妻子笑着说:“这都是相公的福德所带来的!”玉衡说道:“只要人一心向善,老天就会保佑他的。何况夫人你贞淑娴德,我也乐善好施,老天爷可怜我们海家,特地赐予海家一个孩子啊!”从此以后,玉衡夫妇更加乐善好施了。不知不觉,将近十个月,玉衡的妻子快要分娩了。玉衡早早雇了稳婆、乳母,在家伺候妻子。

一天夜里,玉衡刚刚合眼睡着,忽然看见三个手拿金节,身穿黑衣的人向他走来,鞠了个躬说:“我们奉玉帝的旨意,赐给你一个孩子,你要好好对他!”不一会,有人带着一个怪兽进来。玉衡见是上次在他家避雷的那个怪兽,就很奇怪地问:“不是说玉帝要赐我一个孩子吗,带这怪物来干吗?”手拿金节的人笑着说:“你哪里知道!这是五指山的豸兽,性子刚直,喜欢吃猛虎,保护弱小的鸟类,在山上已经修炼了七百年了,命当遭受劫难,所以曾经到你家避过难。你是善人,鬼神都很钦佩你,雷电公公不敢接近你,只好放过豸兽,回去复命。上次,豸兽因为你而免遭了劫难。但是上天有规定,凡是没有驯善的动物自行修炼,如果不遭受雷击的劫难,就得投胎转世,然后才能修成正果。玉帝见你一心向善,特意把它赐给你。日后光大海家门楣的，就要靠它了。”说完，把那豸兽扔到里屋去了。忽然听见一声炸雷，玉衡一下子惊醒过来，才知道刚才不过是做了一个梦。

正在惊疑之间，忽然一个小丫鬟进来禀报说：“夫人生了，是个小相公！”玉衡听完高兴极了，这恰恰应了刚才的梦！他赶忙跑到里屋中去看儿子，只见婴儿已经断了脐带包好了。玉衡举着蜡烛一看，果然生得眉清目秀，心里乐坏了，只是嘴上不说。他一面叫妻子好好调养，一面吩咐丫鬟们小心服侍。吃过满月酒之后，给小孩取名海瑞。

自从有了儿子，玉衡更加不想功名，有时候逗逗孩子，有时候游山玩水，日子过得很是逍遥自在。不知不觉几年就过去了，小海瑞七岁了。虽然还是个小孩子，但是已经能够看出聪明孝顺和耿直无私来。每次和小朋友们一起玩，有吃的东西，他都会和大家分着吃，如果哪个小朋友霸道多拿了，他会批评制止他。玉衡教他读书，简直是过目不忘，读过一遍就能够把它完完整整地背下来。到了海瑞十岁的时候，他已经是无书不读，诗词歌赋，样样精通。这一年，玉衡忽然死了，他的妻子哭得死去活来，小海瑞哭哭啼啼很是悲伤。海瑞痛心父亲这么早就去世，自己还没能尽一点孝道，于是想要在坟边搭个茅草庵，守孝三年。他母亲劝他说：“你是个孝顺孩子，可是你年纪太小了，荒山野地里不安全，万一你有个三长两短，我以后可靠谁啊？”海瑞听了母亲的话，开始在家为父亲守孝。他母亲便开始督促他勤学苦读，不分寒暑。

三年服满之后，有人劝海瑞去参加童子考试。海瑞担心母亲，就回答说："我现在还小，对经书史书还不够精通，去考试会被人家笑话的，还不如在家认真读书，等学扎实了，再去也不迟。"他母亲听到了，心里暗暗高兴，觉得海瑞不浮躁，很踏实，是块学习的料。于是更加严格要求他，母子俩有时候互相切磋学问，就像老师和学生一样。海瑞向来喜欢菊花，不会奉承别人。曾作过几首菊花诗，他母亲读了，见他的诗很淡雅，知道他晚年必定高风亮节，如果考取功名，将来一定会成为一代忠臣。有一次，他母亲问他："你天天读书，却不想着参加考试，这样下去，有什么用呢？"海瑞担心地说："我不是不愿意考取功名，只是母亲年纪大了，我一旦高中，从此就要远离母亲，不能够陪伴母亲、照顾母亲了，所以，我暂时先不想功名的事情，不让母亲为我担心。"他母亲顿时大怒："难道你要等我死了再考取功名吗？那时候，你就是再飞黄腾达，我也看不见了！"海瑞见母亲生气了，赶紧跪下，一连声地向母亲赔不是，从此以后，开始为参加考试，专心研读诗书。

第二年，海瑞去参加学院考试，成绩出来，非常优秀。他母亲非常高兴，同学们也都纷纷劝他去省里参加秋天的考试，再拿个第一回来。海瑞一想到母亲一个人在家没有人照料，就犹豫不决。他母亲鼓励他说："我现在还健健康康的，你尽管去，不必担心我。"海瑞见母亲很是坚持，不敢违背母亲的心意，就收拾收拾行李，和同学们一起去海康了。

海瑞和众同学坐船到了雷州之后，上岸走陆路。不多时，天色已晚，一群人便投宿到近村的一个客店里。月光皎洁明透,海瑞睡不着,就到客店后面的花园里走走。当时已经是晚上十点多了,人们都睡熟了,这时海瑞忽然听到有一个声音说道:“今天晚上前村张家祭鬼,我们本来可以前去弄些好吃的,偏偏又碰着这位海少保在这里。土地爷真是不讲道理,派我们在此伺候,他老人家却坐在那里安然地享受,真是叫人气愤。”另外一个声音说:“你也别埋怨,他是主管这一方的土地,我们都是受他管制的,又怎么敢不听使唤呢?这是没办法的事,不要再说了。万一被土地老儿听到了,又要受到责罚了。”那个声音又说:“怕什么?土地老儿处事太不公平了,这里的鬼怪如果对他阿谀奉承,他便由着那些鬼怪去横行闹事。像咱们这些穷鬼,他只会派些苦差事给咱们!”第一个声音问道:“你说说他怎么不公平了?”另外一个声音说道:“就像张家这件事,张家母女前两天上山扫墓,被恶鬼王小三撞到了。王小三那厮看她们是孤儿寡母好欺负,就附在张家小姐的身上作祟。张家十分着急就到土地那里去烧香,求他驱除附在张家小姐身上的恶鬼。土地那老头刚开始时十分生气,立刻命人去把王小三抓到庙里,说什么一定要好好惩罚一下王小三。后来那王小三听到土地要抓他十分害怕,就赶紧带了一些礼物到庙里送给他。那土地老儿得了礼物心里十分高兴,不但不惩罚王小三还助纣为虐,任由他去欺负张家母女。”另外一个声音继续抱怨道:“张家今天夜里大摆祭品拜祭鬼神,他派我们来这里伺候海少保,是想自己安安稳稳地享受呢!”第一个声音说道:“怪不得你抱怨他,土地老儿太过分了。”

海瑞听到这里，才明白是两个小鬼在这园里议论纷纷，听见两个小鬼称呼自己是少保，心里感到很意外，就忍不住咳嗽了一声，那两个小鬼听到海瑞的声音立刻安静了下来。海瑞听他们静了，就回房睡觉去了。海瑞躺在床上怎么也睡不着了，一想到这里的土地老儿居然收受贿赂纵容恶鬼欺压良民，就非常愤怒。

第二天早上洗漱完毕，和海瑞一起的书生就准备启程赶路。海瑞说："大家慢走，我给大家说一件有趣的事。"大家都想赶路，劝海瑞不要多管闲事，再说了，荒郊野店，哪里会有什么有趣的事情！海瑞就把昨天晚上那两个小鬼说的话告诉了大家。那些书生听了以后十分好奇，就说要和海瑞一起赶往土地庙。欲知海瑞到了土地庙之后会发生什么事情，且听下回分解。

图一　豸兽投胎，海瑞出世

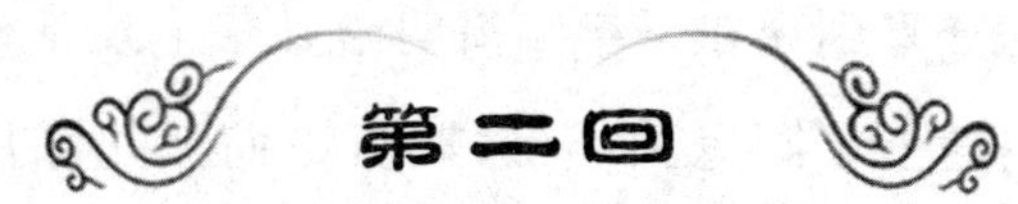

第二回

少保驱鬼显神威　寡妇嫁女报恩婿

却说海瑞和书生们吃过饭以后，来到土地庙。见庙十分破旧，香火也不旺。这时一个书生就开玩笑说："这土地庙香火这么少，难怪土地老儿要收受贿赂，要不然十年也没有人给他烧一炷香。"

海瑞看到了土地十分生气，指着那神像就骂，骂了好几个小时，一直骂到海瑞口干舌燥。这时海瑞用手指着神像，大声喝道："你还不认罪！"说完只听那神像"嘭"的一声，自己跌下来摔碎了。大家愣了一下，都哈哈大笑起来。

这时海瑞还不解气，要别的书生帮他拆了这土地庙。书生们见海瑞生气了，就劝他说："海兄你正直无私，鬼神也很敬服你。现在既然已经骂过土地了，就算了。咱们还是赶快去看看那张家怎么样了。"说完一群书生打听着朝张家村去了。

话分两头，再说张家村那被鬼缠身的是张寡妇的女儿，今年十六岁，名叫宫花，人长得如花似玉，水灵灵的，还知书达理很孝顺。她爹叫张芝，曾被推荐孝廉当过三年通判，后来死于抗击倭寇的战争中，那时候宫花才十岁。夫人温氏就带着小宫花守寡到现在。年年清明给她爹上坟都没有事，不料今年清明遇上了野鬼王小三，欺负她们孤儿寡母，跟到家里求祭祀，把宫花吓得大喊大叫起来。那个鬼干脆附到宫花身上作祟起来，把好好一个姑娘弄得疯子一般乱喊乱叫，头晕眼花，浑身发热。请来医生，都说没病，是鬼上身了。温氏慌了，赶紧跑到土地庙去烧香祷告。谁知道，宫花更加狂暴了，嘴里还骂骂咧咧地要祭祀。

为了女儿，温氏立刻就吩咐家人去准备祭品，很虔诚地祭拜了。只见宫花面露喜色，说道："嗯，你们的祭品太薄了，再准备丰厚点，明天三更我就走了。"温氏答应了，宫花平静了许多。第二天，温氏正要叫家人去买祭品，发现宫花双眉紧锁，非常惊慌，在床上又是趴着又是蹲着，不时喃喃自语，不知道怎么了。

温氏正在担心的时候，家人禀报说："外面来了一个叫海瑞的秀才，他说他可以驱除咱家小姐身上的恶鬼。"温氏听了，半信半疑，就让家人把海瑞他们请进门。温氏见了海瑞，问道："海相公怎么知道有恶鬼附在小女身上？你有什么法术可以驱除附在小女身上的恶鬼呢？"海瑞说道："昨天晚上在旅店听到两个小鬼在说，本地土地纵容小鬼欺压乡民，所以前来驱鬼。"说完又把从小鬼那里听到的张家小姐撞鬼的经过对她说了一下。

温氏听了十分惊奇，心里顿时有了希望，说道："海相公如果能驱除小女身上的恶鬼，使小女恢复健康，张家不忘您的大恩大德。"说罢便命家人备酒款待海瑞。海瑞再三推让，温氏说:“我为各位准备了几杯自家酿的酒,只是为各位壮些威气,海相公若再推辞就是嫌我们怠慢各位了。”海瑞听温氏这么说,也不好推辞了。温氏命人在大厅里摆下酒菜,请堂叔张元来陪。因担心女儿,温氏自己便到房中去照看女儿。

温氏来到女儿房中,看到女儿和前几天大不相同,似乎已经好了。张家小姐见母亲进来,便用手指着床下的一个大瓦罐,用手作了一个鬼入罐内的动作。温氏明白了她的意思,就来到大厅把这件事告诉众人。海瑞说道:“这个恶鬼知道我们前来捉他,无处躲藏便钻入罐内。如果我们将罐口封住,他就无处可逃。”众人都觉得有道理。

于是温氏带着大家来到张家小姐的闺房,张家小姐避到绣帐之中。海瑞问:“瓦罐在哪里?”温氏让丫鬟去拿,但是丫鬟怎么拿也拿不起来。丫鬟说道:“好奇怪!这明明是个空罐,怎么会这么重!”海瑞对丫鬟说道:“你先到一边,我来拿。”海瑞走到床边,俯着身子,一个手就拿了起来,一点也不重。有人见他轻巧地就拿了起来,奇怪道:“难道那鬼走了吗?”海瑞说:“不是的,他要走得了早就走了,何必藏入罐中?俗话说‘鬼计多端’,那鬼故意轻飘飘,想让我们以为他走了。不管他了,封了就是。”说罢命人拿来笔墨。先用泥封了罐口,然后用张红纸,贴在泥头之上。海瑞用笔写了几个字:“永远封禁,不得复出!海瑞笔亲封。”写完,让人把罐埋在山脚下。温氏一面千恩万谢,一面叫张元招呼着众人回前厅继续喝酒。

众人走后温氏私下里问女儿:“你刚才看到了什么?”张

家小姐说:“刚才那恶鬼慌慌张张地自言自语说,怎么海少保来了?左顾右盼,没有地方可以躲藏。后来他看见床底下的罐子,就把身子摇了几摇变小了,钻进罐子里去了。他钻进去以后我就感觉好多了。刚才娘进来,我不敢大声说出来,恐怕他听到了又出来作怪。娘,刚才哪位是海少保?他有什么法术竟让鬼怪都怕他?”

温氏一听高兴坏了,心想他海瑞只是一个赶考的秀才,鬼竟然称他为少保,那么这个人以后一定会有大福大贵。女儿是他救活的,没有什么可报答的,不如趁此机会把女儿许配给他,这样一来,我张家找了个好女婿,说出去脸上也光彩,最重要的是,我女儿下半辈子也有了个好依靠啊。想到这里,温氏就对宫花说:“海相公就是捉鬼那会儿写字封罐的那个年轻人。你的性命,多亏海相公救活,我想把你许配给这海恩人为妻。你觉得怎么样?”张家小姐听了,涨红了脸,低着头只是不吭声。温氏知道女儿心里有意,就让张元进来托他帮忙撮合这门亲事。

张元听了,便走到前厅,感谢海瑞的收鬼之恩,然后当着众人说温氏要将女儿许配给海瑞。海瑞听了以后坚决推辞,不管张元怎么说就是不答应,嘴上只是说结婚是人生大事,自己没有经过母亲大人的允许,不能随随便便私自结婚。张元见海瑞坚决不从,只得进里屋对温氏说了。温氏笑着说:“叔叔先问问他们现在在哪条街哪个客店里住着,我有办法,包管他最后答应这门亲事。”张元出来问了众人的住处,又说了一会话,海瑞和书生们就起身告辞了。张元送他们出门,一再地表示感谢。送走了海瑞，张元便把海瑞的住处告诉了温氏。

话说那温氏见海瑞因为怕名不正言不顺，怎么说都不应允这门亲事，就想起了族中的一位很有名望的乡绅，想请他来说服海瑞。这位乡绅叫张国璧，是进士出身，曾经当过太平府的知府，为人正直而且很有才华，乡亲们都很敬重他。温氏对他说了海瑞和宫花的亲事，张国璧说他愿意去说服海瑞，撮合这一段美好姻缘。张国璧换了身好衣服来到客店。当时天已经很晚了，张国璧先自我介绍了一番，接着和海瑞谈了谈当前的考试形势以及诗词歌赋，海瑞很是喜欢，两人谈得很是投机。张国璧见这小伙子确实不错，就趁机谈了张家小姐。

张国璧笑道："宫花被你救了以后，我家婶婶心里十分感谢你，因此想将宫花许配给你，宫花这丫头模样倒还周正，心肠也不坏，还算是配得上海相公的。海相公一直拒绝这门亲事，是不是嫌张家穷，没有名望？"

海瑞急忙辩解："老先生不要误会！婚姻大事，必须由父母做主，我不敢自作主张，私下里草率地就答应了这门亲事，请容我回家以后禀告母亲再说。"

张国璧听了海瑞的话，知道他是因为没有得到母亲的同意才不敢答应这门亲事，很钦佩他的礼节周全，就说："你是个很孝顺的人，但是这样不知道又要等到什么时候，婶婶一直在为宫花的终身大事担心，希望你能体谅她妇道人家一个人养育女儿的不易。要不你先同意这门亲事，等你考完试，再去禀告你的母亲，等她老人家同意后你再迎娶宫花过门也不算悖理。”海瑞听他说得有道理，不好再推辞，就答应了。于是张国璧便回到张家说了情况，温氏听了以后，知道女儿以后有了依靠心里很高兴。宫花听了心里也十分高兴，母女俩心里盼望着海瑞早日考取功名。

第二天，海瑞便与众人一起上路了，走时给张国璧留下一封信，说自己考期临近得赶路了，考完试一定回来。谁知道，大热天海瑞一路紧赶慢赶，最后走到考点就病倒了，病得连路都走不动，哪里还上得了考场！只好眼睁睁地看着同学们去考试，自己却躺在客店里，很是沮丧。等同学们考完试，海瑞身体也好了，只得和同学们一起回家。路过雷州想起和张国璧的约定，觉得自己虽没考取功名但也不能失信于人，就与同学们分开走，自己拐道去了张家村，去见张国璧。

张国璧来到客店，海瑞跟他说明了情况，便要离开。张国璧安慰了海瑞一番，立刻拿言语稳住海瑞，再三要他在店中多住几日。说完便到张家把海瑞病重不能进场的事告诉了温氏。温氏听了，心里闷闷不乐，说道：“功名二字，倒也没什么。只是你妹子终身大事要紧，恐怕他回去就忘了这件事。贤侄你一定要想个办法出来，赶紧促成这门亲事才好啊。”

张国璧听了，想了一想说：“我有一个办法，明日先将妹子抬到我家去，收拾一间新房。小侄再请海瑞到家喝酒，把他灌醉以后，送入洞房。他二人共处一夜，事后他肯定不会再推辞，这事也就定下来了。婶婶觉得怎么样？”

温氏瞅瞅眼前也没有什么更好的办法了，还是生米做成熟饭来得稳当，就说："那就这么办吧！就有劳贤侄回家准备准备了。明天早上，我送你妹子过去。"张国璧见温氏同意这个主意，马上回家收拾房子，准备酒席。这里，温氏只对宫花说明天成亲，让她好好梳洗一番。宫花不知底细，当然是欢欢喜喜地收拾开了。

第二天一大早，张国璧就让家人带着帖子来到客店中，请海瑞到府中赴宴，说是为海瑞送行的。海瑞看了帖，收拾了一下衣服就跟着张国璧的家人去了张府。

海瑞到了张府门前，看见一座高大的门楼，上有金字匾额，匾上写着"中宪第"三个大字。张家家人看海瑞来了就开了正门，张国璧亲自把海瑞迎接到大厅上坐，家丁随后端上香茶。喝过茶之后，张国璧带海瑞去参观他的书房，到了吃饭的时间张府家人摆上酒菜，张国璧和海瑞就对饮起来。海瑞本来酒量就浅，而张国璧有意灌醉海瑞，就一杯接一杯死死地劝，不一会海瑞就醉倒了。张国璧便按照昨个儿与温氏商量的计划，命丫鬟把海瑞送入新房。欲知海瑞和宫花这生米做成熟饭没有，且听下回分解。

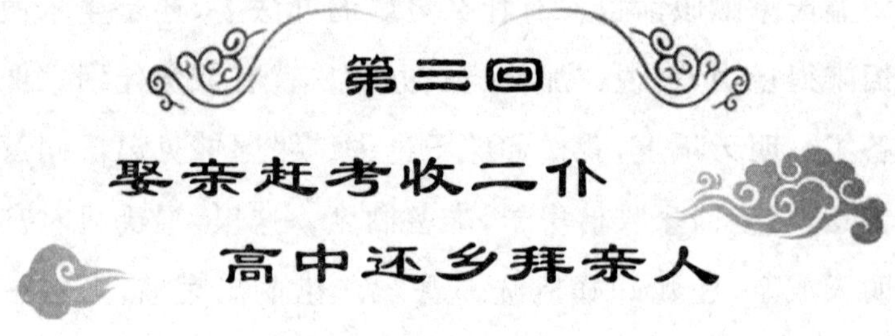

第三回 娶亲赶考收二仆 高中还乡拜亲人

话说众丫鬟将海瑞送进房中，出来就反手锁上了房门。那宫花躲在床后，听到海瑞呼吸的声音，心中很是不安。一直到深夜，海瑞才醒来。海瑞睁开眼看到屋里点着红色的蜡烛，自己躺在纱帐之内，床上都是小姐闺房的摆设，便坐在床上怔怔地想："我刚才明明和张太守在一起喝酒的呀，怎么到了这里？这分明是一个小姐的闺房！幸好是我一人在这里，倘若有女的在这里，我就是浑身有嘴也说不清了。"刚想到这儿，忽然听到床后有咳嗽的声音。海瑞听得有点害怕，还以为是鬼，就大声说道："你是何方鬼怪，敢来吓我！你不知道我海瑞曾经捉过鬼吗？"这时一个娇滴滴的声音回答说："你猜我是人是鬼？"海瑞说："我海瑞一身正气，不论你是人是鬼，我都不怕。不管你是人是鬼，出来见我！"只见打扮得漂漂亮亮的宫花从纱帐后面款款地走出来。

海瑞一看到穿着大红新娘裙衫的宫花，顿时明白晚上张国璧敬酒是故意灌醉自己的。海瑞心里有点生气，也忘记了尴尬。自己摇摇晃晃站起来，一面给宫花让位子坐，一面义正词严地说："我只是一个穷书生，你母亲把你许配给我，我很高兴。我屡次推辞这门亲事是不想连累你，让你跟着我受苦。后来国璧先生再三劝说我答应考完试回来定亲。可是我现在名落孙山，已经没脸见人，哪里有脸来定亲，更不要说娶你了。我本来打算和国璧先生道个别就回家去，不想被他骗倒在这里。男女授受不亲，还请小姐自重。”

张宫花听了红着脸说：“我是听我母亲说你今天要和我成亲才到这里的，谁知你没有这个意思。我从这个屋里走出去可以，可是你让我以后怎么办？”

海瑞有点没有听明白，只想她快快出去，就说：“我们俩今晚并没有做过什么越理的事，虽然你母亲同意我们俩结婚，但是我还没有告知海家祖宗，禀告母亲大人。再说了，没有拜过堂和洞房花烛的婚姻是不算数的。”

张宫花听了海瑞的话，知道他是个正人君子，便说：“你果然是个君子，但是我和你今天成亲，大家伙都知道了，今晚我又和你在一个房间里待着，你让我明天怎么说。我知道我们之间没有什么，可是别人不知道啊。请海相公为我考虑一下吧。”

海瑞听了这一句话，才考虑到张宫花的名节问题，一下子尴尬起来。蹲在床边想了半天，想想只能现在定亲了。于是，海瑞把自己随身带的一双椰子雕花的墨盒取下来留给张宫花作为信物，两人在屋里坐了一夜。天刚蒙蒙亮，海瑞就赶紧出来，拜见温氏，一番感谢，说回家禀告母亲后就来迎娶张宫花过门。随后就回客店取出行李，匆匆忙忙回家去了。

海瑞到家以后，便跪在母亲面前，说起了自己因为病重没有进考场的事,心里十分愧疚,请母亲责罚他。母亲听完以后安慰海瑞说:“功名的早晚,有一定的定数,不要伤心了,只要你发奋学习,以后肯定会考上的。”海瑞听了母亲的话,心宽了不少。又见母亲心情不坏,就趁机和母亲说了一下这次赶考路上的一些事。他母亲听说温氏把张宫花许配给儿子的事,心里十分高兴,立刻答应了这门亲事。

海瑞与宫花姑娘成亲以后,夫妇之间十分恩爱,这张宫花果然十分孝顺,待婆婆如同亲生母亲一般,邻居看到海瑞家夫妻恩爱,婆媳和睦都很羡慕。可是好景不长,没过多久,海瑞的母亲就一病不起了。海瑞想尽一切办法都没能治好母亲的病。到了这一年年底,没有熬过这一年,海瑞的母亲就去世了。海瑞哭得肝肠寸断,天天守在母亲灵前,家里里里外外全靠张宫花一个人打理。多亏了张宫花,他才得以天天有大量的时间埋头研读经书,这且不表。

再说那正德皇帝是个好色之徒,海选秀女,后宫佳丽多达万人,夜夜笙歌,渐渐被掏空了身体,一病不起。正德皇帝没有子嗣,就听从文华殿大学士朱琛的建议,把皇位传给了堂兄弟信阳王朱佑璁,朱佑璁即位时改年号为嘉靖,这就是历史上鼎鼎有名的嘉靖皇帝。因为正德传了嘉靖位子,正德皇帝驾崩的时候,嘉靖非常伤心,对皇太后更是侍奉得小心翼翼,没有半点闪失,皇太后一高兴,就赐他追尊他爹为孝昭皇帝,他娘为孝昭皇后,并举行大典。同时恩典增加各个省的乡榜中举名额,按省的大小,加中三到七名不等。

正好海瑞守孝期限已满,听到这个恩典,就对妻子说,约了几个朋友一起，收拾收拾行李准备去参加省里的考试。乡里亲朋好友知道了，纷纷拿来银子相助，海瑞留下五十两给妻子在家生活用，自己把剩下的五十两装入书箱里当路费。第二天，告祭了祖宗，又到爹娘坟前跪拜祭奠。他妻子千叮咛万嘱咐地目送他出了县城。

这天晚上，海瑞和朋友们住在一个小旅馆里。有两个惯偷王安、张雄，经常在附近的店里偷过往客人的财物，因为白天探到海瑞书箱里有五十两银子，就在后面跟着，晚上也假装住店，准备半夜动手。十点多的光景，两人约莫海瑞已经睡熟，就踅摸过来了。却不料，海瑞初换个陌生地方，一时半会睡不着，听到房门有响声，猜到有贼过来了，就坐起来，看小偷行动。不一会，门被撬开了，只见两人蹑手蹑脚地进来，其中一个指指床上。海瑞故意弄出睡着的鼾声，另一个人赶紧走到书箱旁边，从兜里掏出一把钥匙开锁，不愧是惯偷，熟练地开了箱，把里面的银子连同衣服拿了个空。两人正要收工，不防海瑞忽地跳下床来，堵住了门口。两人吓了一跳，慌不择路，想从海瑞面前冲出去。海瑞虽然是一个读书人，力气却很大，用手撑住两扇门，那两个小偷居然连一扇门板都扳不动！两人知道遇上了高人，惊慌失措，想着恐怕是跑不掉了，就把衣物放下，扑通一下子跪在地上求饶。

只见王安磕头如捣蒜，哆哆嗦嗦地说："小人有眼无珠，冒犯了老爷。小的们实在是太穷了，已经三天没有米下锅了，不得已才走到这一步，恳请老爷饶了小的，下次再也不敢了！"张雄跪在一旁，也附和着哀求。海瑞看看他们觉得好笑,便问道:“你们干什么不好,偏偏要跑出来做贼?这次幸亏是碰到我了,如果是别人,早把你们扭送到官府,蹲监狱去了。算了,你们知道悔改就好,以后好好干点正经营生,去吧!”说完放他俩出去了。

这两人边走边想,这世上居然有这样的好人!不行,我们得回去,问问他姓甚名谁日后也好报答啊。于是,两人又跑到海瑞面前,磕了几个响头说:“我们偷老爷的钱和衣物,实在是罪该万死。碰到老爷这样的好人,放我们一条生路,我们虽然是小偷,也晓得知恩图报的。所以想知道老爷的名号,以后也好报答老爷的恩情。”

海瑞笑了:“我叫海瑞,只是一个赶考的书生,不是什么老爷。家是琼山县慕贤乡的。只要你们能够改邪归正,就是对我最好的报答了。请问两位壮士高姓大名?”王安回道:“小人王安,他叫张雄,我们是绿林中结交的朋友。都是因为家里太穷,吃饭都成问题,哪里有本钱谋个营生,不得已才干了苟且之事。今天有幸碰到海相公这样的好人,我们自愿改邪归正,再也不偷了。”海瑞很高兴:“你们愿意改邪归正,再好不过,这里是十两银子,你们俩拿回去,做个小本生意糊口吧。”

两个人没有想到他这么慷慨,都深受感动,两个人也都是本性善良的,死活都不敢接受银子,再三地谢了,说:“海相公能够宽恕我们的罪过,已经让我们感激不尽了,哪里还敢要银子?银子是万万不能要的。我们两个不做小偷了,在这个世上无牵无挂无处安身,不如海相公收留我们吧,我们情愿做您的奴仆,一路跟随侍奉相公!”海瑞赶紧拒绝:“我们都是平等的,怎么可以平白无故地让你们委屈自己的身份做我的下人呢！你们还是拿了银子,去做点买卖好好生活吧。”王安诚恳地说:“我俩仰慕海相公的慷慨大义,心甘情愿跟着海相公,请相公收留我们吧!”说完,两人又是扑通一跪,不停地磕头,苦苦哀求。

海瑞见他们态度很是诚恳,想了想,把他们扶起来说:“看来你们的确很想跟着我,可是我只是一个穷秀才,现在准备去省里参加科举考试,你们能受得了这一路上风餐露宿的苦吗?”两人见海瑞有收留的意思了,立马齐声回答:“只要海相公肯收留我们,别的不用相公操心,我们自己还有干粮,可以带着路上吃。”海瑞忙拉起他俩:“吃饭的问题你们不用担心。既然你们要跟随我,凡事就要听我的,要不然,就不要跟着我了。”两人忙一叠声地回应:“这个是肯定的了。小的们什么事情都听相公的吩咐,时时刻刻记着相公的教导。”海瑞就和他们约法五章:一不许他们再去偷盗,二不许贪图小利,三不许酗酒生事,四不许乱管闲事,五不许参与聚众赌博。从此以后,早晚都在他身旁,办什么事情凭良心讲公道,不能有半点徇私。见两人没有意见,海瑞又把他们的姓改了,两人跟他姓,一个叫海安,一个叫海雄。第二天,海瑞把这件事对朋友们说了,大家都很佩服他的大义正气,居然连小偷都被感化得弃暗投明了。

海瑞带着两个仆从,跟一群考生,一路上浩浩荡荡,又是坐船又是乘车,先后经过雷州、高州,几天之后终于到了羊城。一行人找了个客店安排妥当之后，就开始准备考试的事。这一年的正、副主考官大人分别是江南胡瑛、江西彭竹眉，两人都是两榜进士出身，很有名望。皇上也很器重他俩，就派他俩来广东当主考官。到了初八这一天，海瑞和同学们领了咨文（古时候考生进考场时需要的官府公文）进了考场。三篇文章，海瑞写得花团锦簇，字字珠玑，两场经学论述和三场对策面试，海瑞都是处处切中时弊，对答如流，让考官们赞叹不已。到了揭榜那天，海瑞考了第二十五名，高中榜上。报录的人一个接一个来报，把接待的海安、海雄高兴坏了。那些同来的同学却没有一个考中。这年的科举考试，海南岛只有海瑞高中了，一时之间，所有的好朋友都来庆贺。举行宴会那天，海瑞和考中的考生去拜访巡抚衙门，头戴花冠，拜谢皇上，非常风光和热闹。

过了几天，海瑞要返程回家。有同学劝他："你过几天就有可能领到咨文进京会试了，如果现在回那么远的家，恐怕要耽误很长一段时间了！不如你别回家了，吩咐一个仆从跟着你的家人回家报喜就行了。"海瑞摇摇头："古人云：富贵不还乡，如锦衣夜行。我虽然不是高中第一名，但怎么说也是中了，所以我一定要亲自回去祭拜一下我的爹娘。还有我妻子一个人在家，整天盼着我回去，我怎么能够因为来回麻烦就不回去了呢？我今天簪花摆宴的荣耀，怎能不让妻子一起分享呢？"旁边的人见他心意已决，就不再说什么了。海瑞去拜谢了考官，就和同伴们一起商量返回海南。真是春风得意马蹄疾，不几天，海瑞就已经走了一大部分路程，家乡已经遥遥在望了。

妻子听说海瑞回来了，高兴得不得了，赶紧跑到门外迎接。妻子先祝贺丈夫高中，然后夫妻俩一起拜祭了海瑞的父母，当然夫妻俩也少不了说些别后相思的话。村里人听说海瑞高中回来了，都纷纷牵羊带酒地来庆贺，海瑞少不了一一拜谢，足足忙活了四五天，耳边的恭维话才清净了不少，这且不表。再说海瑞回来扫墓，看完妻子之后，就想着赶紧去京城参加考试，看着妻子欢喜的模样，不忍心开口。正在为难之际，刚好丈母娘说了要接他妻子回娘家暂住的事情，海瑞想着自己一走，家里只剩下妻子一个人在家，也很难放心，就对丈母娘大人千恩万谢地拜托了一大堆，又给丈母娘留了银钱，自己带着海安、海雄上路了。欲知海瑞进京赶考情况如何，且听下回分解。

第四回

海相公赶考受阻 张老头借钱被骗

海瑞到省城的时候，已经是十一月份了。海瑞急急忙忙去藩司衙门处领取新科举人发放的进京会试路费和咨文。谁知道，那个藩司衙门下属的人很黑，必须得给他点好处费才把钱给你支出来，才让你顺顺当当地进京考试，否则就故意拖延你的时间。偏偏海瑞是个耿直的人，不肯遵照他们的黑规矩，所以等了十来天还不见有通知，心里焦躁得不行。眼看着都要十二月了，海瑞受不了了，碰着藩司大人出府，拦住了轿子。那藩司大人这才知道下属舞弊，立马派人去将考生的路费和咨文直接发放，将舞弊的下属撤职查办。海瑞慌慌忙忙领了咨文和银子去雇船。无奈他雇得太晚了，只有货船了，海瑞只好搭上江西的茶叶船走，这货船从长江慢慢悠悠地走，等到了京城，已经是四月仲春，考试早就开始了。眼睁睁地看着又误了考期，海瑞气恼地跺跺脚，准备打道回府。

海安、海雄一齐拦住他说："老爷，我们跋山涉水千万里，经过这么多磨难才来到京城，虽然说这次意外没有进入考场，可如果空手而回，下次再来又不知道何年何月，岂不白白浪费了这么多年的满腔心血么！不如咱们在这里找个地方住下，等下次考试咱考完再走，也不至于终生遗憾啊！”海瑞想着家里的媳妇盼着回去呢，不免犹豫。海安看出来了，就安慰他说：“老爷不要担心奶奶了，奶奶住在娘家，万事有娘家人罩着，即使咱们十年不回家，奶奶也没有事的。再说了，今年李纯阳新中了进士，在翰林院供着，老爷以前和他关系挺好，咱们在这里万一钱不够用，还有他可以帮补一下。老爷安心在这里等下次考试吧！”海瑞想了想，觉得他们说得很有道理，就同意了。于是一面找地方安身，一面准备给妻子写封信说明情况，免得挂念。海瑞主仆三人租了开豆腐店的张老头的一间空房，收拾收拾就住下了，从此开始了在京城备考的清苦日子。

再说那个严嵩，自从侥幸蒙嘉靖就是将会登基的皇帝赏识之后，嘉靖便把他看成知己，当上了皇帝之后，每逢考试，都要看看这些在京考试的卷子里有没有他。可巧，今年严嵩参加了，皇上翻到卷子就兴奋地说了出来，皇帝的心意谁不照办，就这样，严嵩高高在榜上，中了第九名进士。皇上高兴得不得了，严嵩不是状元，皇上就赐他状元及第的身份，并且立刻录为翰林修撰的官，兼职掌管国子监，别提有多受宠了。严嵩又常常在皇帝面前伺候着，皇帝对他几乎是言听计从，没过多久，严嵩就升官加爵，要多显赫有多显赫了。很多人看着严嵩炙手可热，都来取暖，一些无赖、痞子什么的，都跑来巴结，自愿改名换姓为奴做仆，只图在大树底下好乘凉。没几天工夫，严嵩就在京城里大兴土木建豪宅，家奴丫鬟一堆，还娶了两个小老婆，整天和贪官张志伯在外面卖官受贿。

家人严二本来是个流氓，混不下去了，自愿随严嵩姓，当他的家奴，两人臭味相投，严嵩把他看作心腹，这严二就狗仗人势，在外面装腔作势，放高利贷，欺压老百姓，胡作非为。

这年京城遭旱灾，米面很贵，张老头的豆腐店生意清淡，糊口都快要成问题了，又赶上欠下的地税钱天天被官府催逼，愁死了。正巧，这天去严府送豆浆碰到严二了。严二见他愁眉苦脸没精打采的，就随口问了一句怎么了。张老头实在，就一五一十地说了。严二剔着牙花笑着说："你这老店，十年大旱也旱不倒你老汉的，也会为钱的事发愁？除了开店，不是还有房租什么的，怎么着日子也够滋润的了。"张老头叹了口气："别提了，以前最少也住着一二十个客人，今年却少得可怜。只有一个海老爷住着，主仆三个，只住店不吃饭，自己开火，那一点房租挣不了几个钱的。偏偏今年的地税催得又紧，又没有地方去借贷，愁死我老汉了。"严二说："那你怎么不向租房子的人预收一些房费，也好缓一缓燃眉之急？"张老头摇摇头，又叹了一口气说："别提了，我开了二十多年店，见过无数客人，从来没有见过像海老爷这样抠门的人！"严二很奇怪："他既然是个老爷，再怎么说有前程，办事讲究体面的，怎么会抠门呢？"张老头说："他只不过是个穷举人，不在职，又没有运气。上次来京城参加会试结果误了考试，又不愿白跑一趟，就住下来打算再考。腰包里的银子是数着花的，他们主仆三个，连衣服也没有两件可换的。我记得这个海老爷来住店的时候，就是一件蓝布袍，一直穿着，到现在都没见换过。可怜他为人实诚耿直，从来水都不白喝我们一口，相处得挺好，所以不忍心向他张口。”

严二听了，哈哈大笑起来，眼珠子转了一转，跟张老头说：“这样的穷酸举子还想指望高中？哈哈，笑话！嗯，我看你人实在，现在手头紧迫，就借你几两银子吧，但是借期是一个月，还要收利息，我写个借条你看看再说。”张老头一听借他银子，喜出望外，高兴坏了，也不管那鬼严二的银子是真是假，利钱是多少。看着严二写借钱凭据，心里只想着终于有银子可以向官府交差了，先解了燃眉之急，利钱以后再说，于是对严二千恩万谢地借了十两银子回家去了。

回到家里，天已经很晚了。他老伴埋怨他回来的晚，让她们母女在家听官府的公差喋喋不休、不干不净地骂。多亏海瑞主仆，对着两个公差好一顿七说八说，才劝走。张老头因为借到银子了，听见官府来催，也不怕了，听完笑了笑，叫他老伴端饭来吃。他老伴又啰啰嗦嗦地说：“一大把年纪了，不知道操心家里的事！明天官府就要来抓你进监狱了，也不知道想想办法……”张老头突然把银子从怀里掏出来，往桌子上一搁，说：“瞅瞅这是啥？”他老伴一看银子，老高兴了，也不问是咋来的，赶紧去端饭。

第二天，张老头到银号里去换碎银子，才知道上了严二的当，拿了夹铅假银子，一下子吓傻了，呆了半天才回过神来。心里那个火啊，三步并作两步地往严府跑，一心要找严二算账。到了严府，不见严二，于是就在大门口蹲着，满脑子乱糟糟地等了一下午。谁知严二跟着主子严嵩办完事回来，早一眼看见他了，装作没看见，一路往院里去了。张老头无奈，只好憋着一肚子气回来了。

图二　贼严二写欠条

回来时公差就在家门口堵着了，以为他一天跑到外面是故意躲着不交税钱，就一把揪住张老头胸膛往外拉，一面嚷嚷要抓他见官。可怜张老头百口莫辩，只知道说有话好好商量，有话好好商量。声音惊动了里面的海瑞，出来一看，又是官差，就拉住官差坐下，跟张老头说欠公家的钱早晚都得交，这样拖着不是事，问他打算什么时候交，好叫公爷不一趟趟白跑。张老头这才有机会把借到假钱的事说了出来。

那些公差哪里相信，都冷笑着，以为他拿不出钱来故意编的谎话。张老头把怀里揣的那锭假银子掏出来让大家看，急忙说："这银子千真万确是我前天从严府严二那里借来的。你们不信可以问他。"一个公差听了，叹了口气说："不是我说你，张老汉，你问谁借钱不好，偏偏跑去向他借？这严二原来叫李尖三，是扬州城有名的光棍，后来投到严嵩门下当家奴，严嵩给他改名叫严二的。这人在北京城里犯过老多案子了，打狗看主人，所以没有官府敢动他。你今天上了他的当，就自认倒霉吧，别想着换回真银子了。他不会承认的，反而说你白赖他，他借给你的银子可是老爷赏的，你敢污蔑老爷，找打啊。这种事我们见过好多回了。你还是想想办法把官家的钱交上，别让我们跑腿的为难了。"

张老头一听，苦皱着眉头，喃喃地说："天杀的严二！真要逼死我啊！"说完老泪纵横，老伴和女儿在里屋听完也哭哭啼啼的。海瑞看了不忍心再说他什么，就扭头跟公差说："税钱是必须得交的，可他不小心被人坑了，又没有地方借钱，我替他交上好了，不知道要多少钱?”公差说:“既然你这么好心，茶钱意思一下就行，一共给四两五钱银子吧!”海瑞赶紧回房间拿了钱给了公差，公差接了，反复查看了银子，揣兜里说了声谢谢就走了。张老头一时之间，激动得说不出话来，连忙叫老伴和女儿一起出来拜谢恩人。

再说，张老头心里不服气，还幻想着去找严二。果然，严二说借他的银子是上头赏的，没有假的。还反咬他一口，说张老头是故意设个圈套让他钻，再敢胡搅蛮缠，他告到老爷那里送他去见官！一顿抢白加谩骂，气得张老头七窍生烟，包着假银子，憋着眼泪回了家。到了家里，一屁股坐在了地上，开始捶胸顿足号啕大哭，口里骂着那个黑心不认账的严二。

却说张老头这个女儿，叫元春，听说生她那天晚上，天上传来美妙的音乐，生下来的时候，满屋子都飘着香。两口子见这么多奇异的事，知道这孩子日后不凡，又是老来得女，心里喜欢得不得了，视为掌上明珠，全不想着没有儿子的遗憾。元春长得真是闭月羞花沉鱼落雁倾国倾城，从小喜欢读书，特别聪慧，读书是过目不忘，她娘教了她两年诗书就吃力了。后来，元春就央求她爹出去买各种书籍回来给她看。张老头疼爱她，就由着她的兴趣，省吃俭用的，跑各种书店费尽周折地给她买书，不几年工夫，小小的豆腐店里竟然摆了高高一桌子书。这元春在里屋侍奉母亲，听到爹爹在外面痛哭，就出来劝他:“爹爹太忠厚了才被他骗，他这种人，肯定不会认账的。自认倒霉算了，以后别跟他这种人打交道就是了。”张老头说:“一个月期限快到了,他来要债咋办呢?”元春想到了海瑞,就说:“爹爹到时候还请海老爷出面来跟他谈谈吧,他实在无赖,那就不理会,随便他来去,要钱只是没有。”

张老头内忧外患的,一下子病倒了。多亏有元春一头服侍她妈,一头照料她爹,天天拿话宽慰二老,这家才撑了下去。再说,一个月期限转眼就到了。严二见张老头也不来严府送豆浆,也不来还钱,坐不住了,直接来豆腐店里要债了。张老头慌忙从病床上颤巍巍地下来迎接,请求宽限几天,等做生意挣了一定连本带利一起还清。严二不依,想要闹一下摆摆大爷谱,当时嚷嚷开花了。元春和她妈见事情不好,无奈出来一起向严二求情。严二一看见元春,当时说不出话来了,一双贼眼直勾勾地盯着元春,这一看却把还债的事情闹大了。欲知张老头的债怎么还的,且听下回分解。

第五回

严家奴见色生邪　海相公行侠仗义

话说那严二一看见元春，当时说不出话来了，一双贼眼直勾勾地盯着元春，呆傻了半天才被张老头的哀求声拽回来。当下，不说还债了，一把扶起元春母女，口里说："快快请起，这不干你们的事，不干你们的事。"元春她妈又把家里的情况和严二说了一遍，恳请严二能够宽限一个月，到时候就是拆房卖瓦也会连本带利一起偿还的。严二一改刚才的强硬，答应连连，说她们母女俩说得有道理，一个月就一个月，说着话，眼睛却不时地盯着元春。元春被他看得不自在，立刻低着头转身回里屋去了。这里，严二被元春迷得不行，恨不能跟在元春后面，一起进里屋去。这会将计就计地卖了个情分给元春母女，心里却开始盘算如何才能赶紧把元春弄到手。

夜里，元春的母亲说："这个严二真是古怪的脾气！开始就像豺狼一样冲你爹吼，后来态度却突然来个一百八十度的大转弯，又不催债了，真是奇怪！"元春说："娘，我看这个人蛇头鼠眼，不是个好人。他今天故意卖弄他的好处，又把人情卖给我们，肯定有他的诡计，肯定不在这十两银子之下。咱们赶紧想办法趁早把钱还给他，不要再和他有什么瓜葛了！"

这严二一回去就害起了相思病，整天茶不思饭不想的，呆呆坐着，满眼都是元春的倩影。夜里睡不着，翻来覆去地想计谋。这严二的吝啬程度不是一般人能比的，所以他舍不得那白花花的银子，又想从张老头那里拿到银子，又想娶了元春。左思右想了一夜，想出了一条歹计，在欠条上那个十字前加了个“五”，这样就变成了张老头向他借了五十两银子了。这样只等两三个月后，利滚利，五十两银子变成六十两，不愁他张老头不听他的，把元春嫁给他。改好借条之后，严二想着那媳妇的美梦，奸笑着睡了。

过了一个月，张老头见严二不来要债，心里不安，赶紧跑到严府去道歉，谁知严二一反常态，居然不提债钱，还请张老头喝酒！张老头回来和老伴说了，两人都欢欢喜喜的，以为可以松一口气，安心做生意了。只有元春叹了口气，把话跟她妈说明白了，她那天就看出来严二这么吝啬的人，如今故意处处在她爹妈面前卖弄大方，是冲着她来的。她妈半信半疑的，只想着眼前过好就行，没有细想这事。

忽然有一天，媒婆李三娘来了，东拉西扯了半天，才说给元春找个好丈夫——严府的严老爷。元春她妈没想到居然是给老头子放高利贷的严二来提亲！元春在里屋听到李三娘的话，当时气晕过去了。她妈吓坏了，赶紧掐人中，灌姜汤，半天才醒过来跟她母亲说：“我就知道会有今天。”她妈眼泪都出来了，劝她：“你不愿意我们不答应就是了，何必气这么狠啊，傻孩子！”元春摇摇头：“事情没有这么简单。他今天叫李三娘过来提亲，如果我答应了，正好顺了他的心，他当然不会再提钱的事，否则就会翻脸拿债来羞辱我们啊。”

张老头听他姑娘这么一说，自然拼着老命不答应了，每回李三娘过来问，都找话推脱，那严二听了，好比一盆冷水从头上浇下来，不禁恼羞成怒，立马请人写了状子，连同那张借条，一起送到了兵马司。那兵马司当差的平时和严府很熟，对严二称兄道弟，很快就批了，立刻去豆腐店抓张老头。

兵马司指挥叫徐煜邦，是进士出身的，跟海瑞是老乡，都是海南人。张老头被抓来审问，一听借条上说他向严二借了五十两银子，当时跪在地上大声喊冤。徐煜邦便问他怎么回事，张老头便把借银子的前前后后都说了一遍。徐煜邦一看借条，也觉得有蹊跷，就叫人去严府传严二过来对质，因为严嵩官势显赫，不免叫公差去严府时说请严二来衙门确认一下，那严二不知道真假，就答应了。

元春妈听说老头子被抓，一下子六神无主了，不知道该怎么办，只知道哭哭啼啼的。元春听了，放声大哭，冷静下来之后，跟她妈商量说：“严二那边财势俱全，咱们势单力薄，跟他打官司肯定要吃亏。住店的海老爷一向很维护咱们，眼下还是再求他给咱们想个办法吧！”她妈这才清醒过来，赶紧上楼找海瑞，一见到海瑞就跪倒在地。海瑞赶紧扶她起来，安慰她道：“没啥大事，你别惊慌。这个徐老爷是我老乡，平常也有来往，待会我就去找他，把你丈夫的情况跟他说明白，请他开恩。不过欠严二的银子是得还他的，你们家没有，我这里还有二十两银子，再借你们十两吧。当时严二借你们的假银子以及他要的利钱，都拿到公堂上去，这样，既合乎情理，又证据确凿,想他严二再赖不了什么了。”母女两人再三感激海瑞,就把那个假银子和几两碎银子拿来给海瑞,海瑞自己拿了十两银子,一起包好让海安揣着,去兵马司署去了。

徐煜邦正好刚从衙门里回来,听海瑞说完张老头借严二银子这件事的曲折原委之后,说:“我昨天在衙门里审问张老头的时候,也怀疑严二改写了钱数,所以叫人去传严二了,今天应该过来。想不到这个严二这么狗仗人势、奸诈使坏,我一定要严加惩办这种人!”海瑞道了声谢,把假银子和欠的钱交给徐煜邦后便回去了。

却说那严二大摇大摆来到大堂,见到徐煜邦不下跪,只是鞠躬请了个安。徐煜邦冷冷地说:“你是哪里的家奴,见了本官还不下跪?左右,给我狠打五大板!”严二痛得直叫唤,赶紧跪下了。徐煜邦问他:“你控告张老头向你借五十两银子,是真的吗?”严二硬着脖子说是真的。徐煜邦说:“既然是真的,为什么张老头说你只给他十两假银子?你当我三岁小孩,由着你信口雌黄了!你在我面前,还这么骄横,平日里欺负弱小的事情肯定是海了去了。我要先办你一个假钱骗人、恃强凌弱的罪名。来人哪,给他锁上枷锁,先示众三个月,再听审判!”

严二一听要锁他示众,慌了,赶紧哀求起来:“你锁我没有关系,只是你叫我家老爷面子往哪搁?”徐煜邦一听更加怒了:“你这狗奴才!自己有罪,还敢拿主人的权势吓唬人。我徐煜邦奉皇上圣旨,从来都按律法办案,不徇私情,你拿假银子坑骗穷人,还私改借条,可恶至极!不法行为,坚决不能姑息!”说完叫左右把严二锁上枷锁示众。

手下人偷偷跟徐煜邦说，虽然他是秉公办事，但是严二主子严嵩现在是高高在上，严嵩如果知道了这件事会记恨他的。还是赶紧把这件事报上去，让严嵩没有翻案的机会。徐煜邦听了，点点头说："你不说，我差点就忘了。你们赶紧起草此案的详细情由，连夜上报到监察道那里。监察道御史王恕也是个正直的大臣，一看案卷，批准说："如果不惩办严二，使用假钱害人的不法之徒就更猖獗了，必须严惩！"然后又写了奏章给皇上。嘉靖一看，他宠信的严嵩家奴犯事了，私造假钱触犯国家律法，自己也不能偏袒他。于是，就叫兵部、刑部、太常寺卿三部大臣同堂审严嵩，问假银子的事。

三部大臣料到家奴骄横，待会见到严嵩，肯定又不会说实话，所以先单独审严二，问他借给张老头的银子是哪里来的？严二说："借出去的银子都是主人平时赏给小人的。"刑部尚书韩杲说："你一个奴才，哪里会有这么多赏钱？我明白了，是你家主人特意给你去外面放债的，你却从中耍骗别人，是吗？"严二赶紧辩解说："我家主人身为朝廷大臣，哪里会做出这种违法的事！大人明察啊！"

韩杲见严二嘴巴挺硬，不肯招供，就先带下去，再把张老头带上来，又细细问了一遍情况。兵部尚书唐瑛听完之后，想了想，对韩杲说了一个计策。

韩杲便把张老头交的假银子拿到公堂上，请严嵩上来，说："通正大人，你不该叫奴才去放债，导致有今天！这假银子，严二坚持说是大人赏赐给他的，这恐怕会连累大人。"严嵩一听，以为真是严二招供了的，赶紧给三部大臣鞠躬作揖说:“我是给他过银子,让他做点生意,只是小折腾,绝没有想过靠这个来发财致富,更没有造假银子的事情!肯定是他自己换了假银子,三位大人,不要听这奴才满口胡诌。”韩杲说:“严二说大人曾经赏赐给他的银子在这里,大人要不要看一下是不是你的银子?”说完,将假银子递给严嵩看。严嵩拿在手里看了看,笑了:“这哪是我的银子!我给他的银子,上面都是有记号的,你们要不信,喊他上来,我跟他当堂对质。”

韩杲叫严二上来。严嵩一见严二,破口大骂:“你这个狗奴才,自己违法用假钱,还敢赖我?我平时给你的银子都是有记号的,为什么要在大人面前诬赖我?”严二听见主人骂他,一时不知道该说啥,只好含含糊糊地说:“你平时交给我的银子,是有记号的啊。这个假银子,是换的。”唐瑛一听,赶紧接住话说:“是了,你家主人是通正大人,哪里会有假银子?都是你换来的。”说完请严嵩先下去休息,便叫左右把严二重新锁起来,叫了声:“退堂”。

然后三位大人商量了一下,奏严嵩纵容家人放高利贷,但是皇上偏袒严嵩,亲自批注免除严嵩责任,判严二锁枷锁三个月,杖打之后再释放。张老头无罪释放。这是皇上的旨意,三位大臣没办法,只好这样判了。张老头的事情暂告一段落。欲知这严二释放之后会对张老头一家如何报复,海瑞今年参加考试情况又如何,且听下回分解。

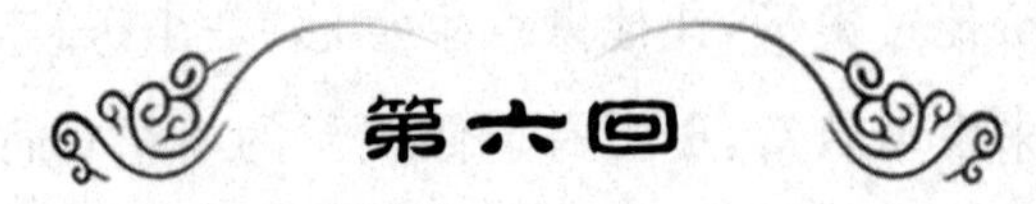

第六回

奸臣挡道终落榜　贵妃卖鞋救途穷

话说元春心里很感激海瑞对她们家的大恩大德，又没有可以报答的，那天无意中看见海瑞脚上的鞋都穿破了，就对父母说想给他做双鞋子表示感谢。她爹当然赞成，立马跑到街上买了缎面布交给姑娘。元春叫他爹去海瑞那里找双旧鞋，量一下鞋的尺寸。张老头就装作要看海瑞南方人的鞋子样式，借来了双鞋子。元春照着旧鞋，精心绣了一双黑底红面的鞋子，让她爹给送过去。海瑞见了执意不收，最后拗不过张老头，收了一只鞋子，放在箱子里，做个纪念。

不知不觉三个月过去了，严二从监狱里出来了，又回到严府了。严二恨死了张老头，无时无刻不在想着找茬整整张老头。

这年，嘉靖皇帝又要选妃子了，圣旨一下，全国上下开始热火朝天地海选秀女。严二听到这个消息，高兴坏了，心想趁这个机会把元春弄过来，也好消消恨。于是就找了个画家，画了元春画像来到大兴县，假托是严嵩的话，叫知县去张老头家把元春献给皇上。知县一看元春画像，惊为天人。于是亲自去了张老头家，一看元春本人，果然是天姿国色！就告诉张老头说这是皇上旨意，把元春接到家里，教她熟悉宫中的礼仪，选了好日子，好好梳洗打扮了一番之后，也不理会严二，跑了太监王恺的路子，直接送到了皇上面前。皇上一看，眼都直了，当天晚上就摆宴西华院，第二天就册封为贵妃娘娘，封她爹为一品官，她娘自然是一品温氏，赏赐也是一堆一堆的。这下，严二是聪明反被聪明误了。

张老头已经是皇亲国戚了，豆腐店当然不能开了，皇上已经在皇宫附近给张老头一家指定了一座别墅了，让他老两口赶紧收拾一下住进去。海瑞知道了，赶紧祝贺张老头一家，自己收拾收拾东西准备换地方。张老头想叫海瑞住在店里，反正他们也不用这房子了。海瑞不肯，就推托说要找个离考场近点的，考试方便。

一转眼会试的时间就要到了，皇上任命严嵩为正主考官，和其他三位主考官一起主持这次会试。

会试那天，各省的举人纷纷进入贡院，海瑞也到了贡院，点完名每个考生都进入了自己考试时要待的号房。第二天早上考试题目出来了，第一题是：大学之道，第二题是：君子务本，第三题是：足食足兵，诗的题目是：赋得春雨如膏。看到考题后，许多举子都在想着这题怎么写呢，海瑞没有多想，他拿起笔就写，很快就写完了，第一场考试他是头一个交卷的，第二场和第三场海瑞也答得十分顺利。海瑞看自己这次考试这么顺利，心想这次应该能考中吧，考完后就一直在店里待着，等着放榜。

在批卷的时候，海瑞的卷子被一个叫朱卓云的考官看中了，他把海瑞的卷子推荐给主考官看，有三位主考官看了海瑞的卷子后都很喜欢，他们认为这次考试的考卷之中海瑞的卷子是最好的，所以就商量着要把海瑞的卷子评为第一。

严嵩听到了这话心里很不高兴，他觉得其他几位考官没问过他就商量着要把某个考生的卷子定为第一，是不给他面子，是看不起他。所以就想，我是正主考官，决定权在我，你们认为他能考第一，我偏不让他考中，看你们怎么样。他私下里，就故意用油弄脏海瑞的考卷。

到了快要放榜的时候，四位主考官坐在一起讨论这一次考试中可以得前五名的卷子。有三位主考官都认为海瑞的卷子可以得前五名。严嵩却不同意，其他的主考官问严嵩为什么不同意。严嵩说："各位没看到吗？这个考生的考卷上有油，按照规定被考生弄脏的考卷是不合格的。"

这时一个叫郭明的主考官说："这张卷子可能是在我们批改时被弄脏的，如果是考生弄脏的，在收卷时收卷官就会在卷子上做上标记，以后也就不会有人推荐上来了。我们几个都觉得这个考生写得挺好的，不能因为这个卷子脏了，我们就埋没了人才。"

严嵩说："我看这篇文章写得很平常。"说完就把海瑞的卷子放到一边，另外选了一份卷子放到考中的卷子当中。海瑞因此也就没考中进士。

到了放榜的那天，海瑞在皇榜上没看到自己的名字，知道自己没有考中进士，就叹了一口气。海安听到海瑞叹气，就安慰他说："老爷不要叹气，这一次没考中，下一次再考就是了。”海瑞说:“我叹气不是因为我没考中进士,而是因为我们现在没有回家的路费了。”海安说:“以前张老头困难时,老爷曾经多次帮助过他,现在他富贵了,老爷可以向他借一些银子做路费。”海瑞说:“张老头不是读书人,现在他因为女儿富贵了,不知道还能不能记得以前我帮助过他的事。而且我对他说过,考试完后我就搬到别的地方去住。现在我没考中,哪有脸面再去见他,我们还是先搬到另外一个住处再想办法回家吧。”听了海瑞的话,海安就去找住处去了。

张老头的女儿当了贵妃以后有很多当官的来巴结他,每天都有当官的请他去喝酒,张老头的媳妇也是经常到宫里去陪女儿,他俩都很少来店里看海瑞。这一天,海安跑回来对海瑞说他找到新的住处了。海瑞看张老头没有在店里,就让海安把店里的东西整理好,逐个清点一遍,登记完后交给邻居,然后给张老头留了一封信,让邻居交给他。做完这些,海瑞就搬到别处去住了。

元春进宫当了贵妃以后,一直记着海瑞对她家的恩情,总想找个机会来报答海瑞。这一天她看到了新考中进士的名单,名单上面没有海瑞的名字。她就想:“这怎么可能呢?以海瑞的学问和品德别说考中进士,就是考中状元也不过分。他为什么没考中呢?当初我被严二欺负的时候,要不是得到他的帮助,就不会有我今天的荣华富贵,受了他这么大的恩情我应该好好地报答他。但是现在他没有考中进士,我想让皇上给他封个官做,也没有办法说。”

元春正在想着这些,忽然看到母亲进宫来了。元春就和母亲说起海瑞最近的情况。元春的母亲就把海瑞考试没中，给刘老汉留了一封信后，搬家的事情说给元春听。元春听母亲说完海瑞搬家的时间因为刘老汉不在家，就把店内的东西整理好，逐个清点一遍，登记完交给邻居这件事后，更加敬佩海瑞了。元春对母亲说："我以前以为海瑞是一个很仗义的人，现在发现他不仅仗义而且还很诚实。咱家以前要不是得到他的帮助，不会有现在这样的富贵。他现在没考中进士，我想让皇上给他封个官做。不知道他还在不在京城？"

元春母亲说："我想他现在还在京城。"元春很奇怪，就问母亲怎么知道海瑞还在京城。元春的母亲说："海瑞是一个讲信用的人，他在给你父亲的信中说，他回家时，会到咱家来辞行。现在他还没有来辞行，就说明他还在京城。只是京城这么大，不知道他在哪里住着。而且海瑞又是那种整日待在家里，没事一般不出门的人，这就更难找了。现在你有心帮助他，但是没有这个机会。"

元春心想，只要我用心去找，就肯定能找到他的。这时元春忽然想到自己在店里时曾经做了一双鞋送给海瑞，当时海瑞只拿了其中一只作为纪念。如今还有一只在自己这里，如果叫人拿着这一只鞋去街上卖，别人看到只有一只的鞋肯定不会买，海瑞那里还有一只，他看到这只鞋后肯定会买的。于是，她就把这个想法告诉母亲，元春的母亲听了以后，觉得她这个主意很好。

第二天，元春叫来一个名叫冯保的太监，对他说："我在进宫之前做了一双鞋，后来掉了一只，现在不想再做了，你拿着剩下的这一只鞋悄悄到宫外去叫卖,并记下买鞋人的姓名和住址,回来告诉我。事情做成功后,会有重赏。”

冯保听到贵妃娘娘有事要自己办,心中十分高兴,和元春说完话,一刻也不敢耽误,拿了鞋就悄悄跑出宫了。冯保到了街上,见了人就大喊“卖鞋,卖鞋”,人们见他只拿了一只鞋在街上卖,都笑他是个傻子。冯保在街上一连喊了两天也没有人买。

到了第三天,冯保在宫里吃完早饭,拿着鞋从东四牌楼走过来。还和前两天一样,一边走一边喊着“卖鞋,卖鞋”,走着走着忽然听到背后有人在喊“买鞋,买鞋”。冯保当时心里十分兴奋,马上转身跑到喊买鞋的那个人那里,说:“是你要买我的鞋吗?”那人说:“是我要买你的鞋,不知道你愿不愿意到我住的店里去商量一下鞋的价钱。”冯保听这人说要买鞋,想着可以给贵妃娘娘交差了,心里十分高兴,就随这人来到他住的客店。

冯保和那个人走进客房,坐下就问:“你真的要买我的鞋吗?”那人说:“这鞋你是有一只还是一双?”冯保见他这样问,心里十分奇怪,就说:“这鞋我只有一只,如果我有一双的话怎么会只卖一只呢?”那人就说:“这就怪了,我这里也有一只鞋和你的那只鞋一模一样。”冯保说:“你的那只鞋可不可以让我看一看?”那人就拿出了那只鞋给冯保看,冯保接过鞋,和自己手里的鞋仔细地比较了一下,两只鞋一模一样,肯定是同一个人做的。冯保于是就问他鞋的来历。那人就把事情的经过告诉了冯保。这个买鞋的人,就是海瑞,他从张老头店里搬出来后，一直在想回家的事情，但是没有银子，怎么回家呢？海瑞平时交的朋友不多，在京城里海瑞只认识一个叫李纯阳的。他在翰林院里当官，于是海瑞就想去李纯阳处走走，问他借点路费回家。

这天海瑞刚走出门，正好遇到一个人拿了一只绣鞋在卖。海瑞看到那只鞋就愣了一下，心想，这一只鞋，自己好像见过。但是在哪里见过呢？海瑞猛然想到那人卖的那只鞋，和张元春送他的那只一模一样。那时自己只收了一只，如今另外一只，怎么会落在这人手上呢？海瑞心里十分奇怪，于是就喊道"买鞋，买鞋"。

冯保听海瑞讲了以后，知道他是贵妃娘娘的恩人，就恭敬地说："老爷的尊姓大名，可不可以告诉小人？"海瑞说了姓名。冯保听了说："原来是海老爷，失敬了。你是准备在这里常住呢，还是只住一段时间呢？"海瑞说："我原来是打算回家的，因为缺乏路费，没有办法回家才拖延到现在。这几天无聊，就出去散散步，想到李翰林那里去走走。刚出门，看到你在卖这只鞋，十分奇怪，所以就上前要买你的鞋。你这鞋却是从哪里得到的？"冯保把元春让他卖鞋、找人的事说给了海瑞听。说完，他又安慰了海瑞，让他在这里先住下，说元春一直在想办法报答海瑞的大恩大德。说完就和海瑞告别，赶回宫去了。

冯保到了宫中，见到元春跪下就说："娘娘，奴才找到了。"元春知道了海瑞的下落，心里很高兴，就想到皇上那里为海瑞求个一官半职，来报答海瑞的恩情，但是海瑞不是自己的亲戚，该怎么对皇上说呢。元春想了又想，忽然想到了一个好主意。

这天皇上到了元春这里，说今天天气炎热，要元春陪他到荷花亭里去避暑。元春和皇上来到荷花亭中，皇上命人端上水果、酒菜，就和元春一边喝酒一边欣赏亭子周围的美景。喝了几杯酒后，皇上又叫宫女过来弹琴。这时皇上发现元春今天始终锁着眉头，好像心中有什么不高兴的事情，于是就问："爱妃平常见朕总是满脸笑容的，今天为什么事不高兴，是不是对朕有什么不满啊？"元春连忙跪下说："臣妾罪该万死。"皇上让人扶起元春，元春就开始把海瑞是如何帮助自己的事说给了皇上听，而自己却没有办法报答海瑞的恩情，所以心里很难过。皇上听后笑着说："朕以为爱妃为什么不高兴呢，原来就是为了这件事。既然你想报答他的恩情，那朕就替你报答他。"说完就下旨说，海瑞这个人很有才能，没有考中进士是因为他命运不好，现在朕赏赐他一个进士出身，让吏部马上把海瑞和新考中的进士一样安排官职。

元春听了立刻跪下感谢皇上。皇上命令太监把这个圣旨送到吏部，让吏部办理。那天冯保走了以后，海瑞就一直在想元春说要报答自己的恩情。正想着，忽然听到外边十分吵闹，就让海安出去看看。海安出来看到外面有几个人，自称是给新中的进士报信的，有一个人说："哪位是新中进士的海老爷，我们要向他道贺。"店里的人都在想，进士考试的结果早已经公布了，现在怎么还会有人中了进士呢，他们认为这几个报信的人，都是傻瓜。

海安看了以后说:“我家老爷姓海,他现在中了进士,你们把报条给我看看吧。”拿着报条的那个人把报条展开,上面写着“捷报:呈海瑞大老爷,皇上下旨特别赏赐为进士出身。”海安看了十分奇怪,就把报条拿给海瑞看。海瑞看后心里十分高兴,就让海安赏了报信的人。过了一会儿,又有人说吏部的官差来了。海瑞赶忙出来迎接,原来那人是给海瑞送公函的,公函上面写着任命海瑞为浙江淳安县儒学。海瑞送走送公函的人后想:现在我虽然有了当官的公函,但是没有路费我怎么去赴任呢。于是就想不如明天去找好友李纯阳借一点路费吧。

正在这时冯保手里捧了一个黄色包裹到店里找海瑞,海瑞立刻出来迎接,冯保送上包裹说:“贵妃娘娘知道海老爷没有路费,就命我送来了二百两银子。”海瑞听了以后心里十分感动,让冯保回去谢谢贵妃娘娘的赏赐。过了一会儿,张老头也让人送来了一百两银子给海瑞做路费。海瑞得了三百两银子,心想妻子还在家中,就拿出一百两银子并写了一封家信,托人送回老家给他媳妇。

第二天,海瑞收拾好行李带上海安、海雄,主仆三人离开京城到淳安县上任去了。

图三　海瑞中进士

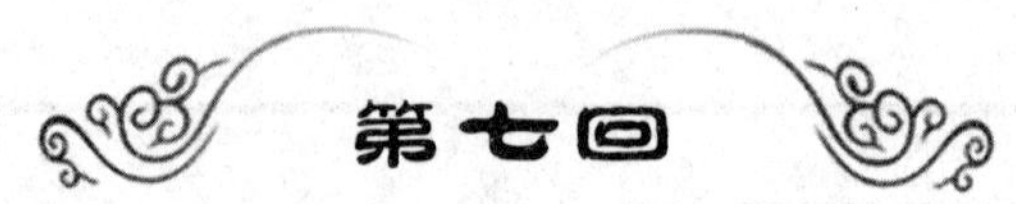

第七回

一身正气海知县
藐视权贵打旗牌

话说海瑞领了公函以后,带着海雄、海安日夜兼程,很快就赶到了浙江的省会。到了那里,海瑞先去拜见了省里藩司,藩司检验完公函以后,海瑞就到淳安县上任去了。海瑞到了淳安县,那里的县学的学生和海瑞的同僚都来迎接他。海瑞和他们见面以后,就开始工作了。海瑞在学校里也没什么事,经常就喊些学生一起来讨论学问。那些学生感觉海瑞很有学问,都很喜欢他。

这一天,海瑞想自己现在已经当官了,他夫人还在她娘家住着,十分不忍心。于是,海瑞就写了一封信,拿了五十两银子给海雄,让海雄去接夫人过来团聚。

话说海瑞的夫人在海瑞进京之前就已怀有身孕,海瑞进京之后她一直都在娘家生活,后来生下一个女儿,取名叫金姑。母女俩一直在等着海瑞的消息,等了多年才收到海瑞的信和银子,知道海瑞被委任为淳安县儒学,母女俩看到信后心中十分高兴。海雄到了张家村送上书信,拜见了海瑞的岳母,住了几天就带着海瑞的夫人女儿往淳安县赶去。

海瑞上任以来用心教导学生,还禀告上司废除了学校里的一些不合理的规矩。海瑞的上司看海瑞很能干，就奏请皇上升海瑞为知县。皇上收到奏章后下圣旨给浙江巡抚，让他在遇到有县令职位空缺时提升海瑞为知县。

没过多久，淳安县的知县因为贪污被免职，巡抚就任命海瑞为淳安县的知县。海瑞上任以后，励精图治，兴利除害，为百姓做了许多好事，淳安县在海瑞的治理之下，人民安居乐业，民风逐渐淳朴，几乎可以达到夜不闭户路不拾遗的程度。百姓们都很爱戴海瑞，称他为父母官。这时海雄带着海瑞的家眷也到了淳安县，海瑞看到夫人和女儿心中十分高兴。

过了两个月，各地都在说朝廷任命国公张志伯为钦差到各地巡查官吏的事情。这张志伯原来只是一个步兵统领，因为和权臣严嵩是儿女亲家被封为国公。这次是严嵩奏请皇上让张志伯做钦差的，张志伯出京以后头旗上写着“奉天巡察”四个大字，手持尚方宝剑，所到之处对地方官员大肆盘剥，山东历城县的县令薛礼勤因为言语冲撞了张志伯竟被他用尚方宝剑所杀。别的地方官见薛礼勤被杀就更害怕张志伯了，在他到来之前都准备好礼物，而且张志伯到来时都隆重迎接。海瑞听了张志伯的事心想：“皇上怎么会派这样的钦差来骚扰百姓，如果他到我这里我不会像别的官员那样去巴结他。”

这一天，海瑞收到邻县的一封文书，说钦差大人马上就要到了，让他准备好接待钦差大人。海瑞因为讨厌张志伯这个人的所作所为，就没做什么准备。

三天以后，张府的头船到了淳安县，张府家人见这里没有准备十分生气，就跑到县衙里找海瑞，他在县衙没看到海瑞就把公差骂了一顿，怒气冲冲地走了。海瑞得知张府的家人大骂公差之后，知道他必定会去钦差那里搬弄是非，于是就让海安、海雄去看看钦差大人到了哪里。

海安、海雄二人接到命令以后就飞奔出去，两人走了二十多里，看到了钦差的船队遮天蔽日地开过来。船队之中除了张志伯的官船之外还有三十多只船，每只船上都装得满满的。海安、海雄二人看完以后，就立刻回来报告给海瑞。海瑞听了以后心想，那张志伯是从京城出来的钦差，他又没带什么家眷，随行的行李应该一两只船就够了，为什么会带这么多只船呢？想必那船里装的是他盘剥来的赃物。

正在这个时候，有一个衙役来报告说，钦差大人的旗牌官拿着令箭在门外等着县令去迎接。海瑞说："张国公是钦差，他来了我应该去迎接，现在只是来了一个钦差的差役也要我去迎接，真是岂有此理！"海瑞说完，命令衙役们升堂。

海瑞坐在大堂之上，吩咐开门，传旗牌官上堂拜见。那旗牌官随钦差出京以来，所到州县地方官都是到衙门口恭恭敬敬地迎接他，今天到了淳安县却是县令坐在大堂上传他进去拜见，心里十分不快，就怒气冲冲地走进大堂。

海瑞见旗牌官走进来，起身走下堂对着令箭拜了几拜，把令箭请到一边供着，然后就回到座位上。旗牌官见海瑞根本没把他放在眼里，心中十分生气，张口就问海瑞的名字。海瑞大声说道："你一个小小的差役，见了本官应该先报上自己的名字然后拜见，现在你不仅不报名拜见反而问我的名字。我的名字早已在万岁爷面前传胪册上，不说你也应该知道。你今天到我这里有什么事，快报给我听。”

那旗牌官笑了笑说：“钦差大人马上就要到你这里了，你怎么还不准备迎接呢？你现在就去准备车马、船只、水手、纤夫等，听候钦差大人的调用。”

海瑞问道：“这话是你说的还是钦差大人说的？”

旗牌官说：“令牌在我手上就是我说的。”

海瑞说：“原来如此，这话如果是钦差大人的命令我理当照办，现在是你说的你自己去想办法吧。”

那旗牌官听了海瑞的话大怒道：“你是不是当官当得不耐烦了？敢这样和钦差大人的官差说话，我没时间和你啰嗦，你赶快去凑齐一百名纤夫和五十艘大船，我好交差。”

海瑞说：“钦差坐的船只有一艘怎么用得了一百名纤夫呢？另外要的五十艘大船是干什么用的？”

旗牌官说：“你只管准备就是了，别的不要多管。”

海瑞说：“本县上任以来，县内一切开销都从县库支付。现在你要这么多船，这开销算在哪一项上呢？钦差大人的船需要人拉纤，我让下面的人去就是了。”

那旗牌官听完以后，大骂道：“你这个鸟官敢违抗钦差大人的圣旨，你没听说过历城县令薛礼勤是怎么死的吗？你要有胆量的话，现在就和我去见钦差大人。”

海瑞听了大怒，说：“你这个小小的差役如此无法无天，胆敢在公堂之上辱骂朝廷命官。今天我要好好教训教训你，来人,把他给我拉下去重打四十大板。”

两旁差役听完,立刻上前,不由分说,把那旗牌官拉下去就打。打得他皮开肉绽,打完之后海瑞命人取来锁链,把旗牌官和自己锁在一起去见钦差张志伯。

话说钦差的官船靠岸以后,张志伯只看到县里的捕快、衙役在岸边迎接没看到县令,心中十分诧异。过了一会儿,他看到海瑞和自己的旗牌官锁在一起走了过来,心中大惊,问是什么原因。海瑞就把旗牌官索要纤夫、船只,大闹公堂的事说给张志伯听。张志伯听完以后心中十分生气,但是当着众人的面也不好说什么,就吩咐将两个人的锁链打开,回县衙说话。

来到县衙,张志伯坐在大堂之上,海瑞拜见完毕站在旁边。这时张志伯说:“本官奉旨巡查各地,所到之地都需要地方官事前准备好车马等物。所以本官到某个地方之前,都要派旗牌官先去传令。到了你这里也是这样,你为何要责打我的差官,难道是想要羞辱我?”

海瑞说:“上司到来地方官迎进送出这是应该的。大人的差官到了我这里,索要纤夫百名、大船五十艘,现在正是农忙时间,县内的农民都在种地,一时之间很难凑到一百名纤夫。而且我这个县又是个穷地方,短时间内很难找到五十艘大船。卑职因此想拖延一下,但是大人的差官不仅不听卑职说话,还咆哮公堂辱骂卑职,卑职觉得他这样败坏了大人的名声才替大人教训他一下,请大人恕罪。”

张志伯说:“本官出京以来,所过州县都是只送出本地地界，每到一个地方都要换船，所以各地都要提前预备船只。另外，本官的官船比较大，最近天旱，水浅的地方必须有人拉纤才能过去，因此才让你去找纤夫。至于说船要五十只，本官自有东西要装，才开出这个数目，以免误事。你不去准备纤夫和船只反而责打我的差官，明显是藐视本官，难道你不知道我有尚方宝剑吗？”

海瑞听后笑了笑说：“大人的尚方宝剑虽然厉害，但是尚方宝剑不斩无罪之人。下官到任以来奉公守法，从不欺上瞒下，我想大人是不会斩我的。大人奉皇命巡查到此，我有一言奉告大人不知当讲不当讲？”

张志伯诧异地说：“你有什么话尽管说来。”

海瑞说：“皇上让大人巡查各地是皇上体恤万民，让大人调查民间疾苦，惩治贪官。大人身为钦差又是国公更应该体察圣意才对。如今大人所到地方，都是索要银两、酒菜、船只、马夫，如果稍有不顺心就用尚方宝剑来要挟地方官。地方上的钱都是从老百姓那里得来的，现在大人向地方大肆索要钱物，必然会加重老百姓的负担，这是违背皇上的圣意的。我认为大人这样做是不可取的。”

张志伯听到海瑞当着众人的面揭自己短处十分生气，大怒着说：“你个小小的知县竟然敢污蔑顶撞本钦差，来人！把他给我推下去斩了！”海瑞大声说：“大人杀我不要紧但是我有话要说，我冲撞了大人该死，那大人受贿数百万两银子又该怎样呢？大人出京以来，所过州县多的索要几万两银子，少的也要一万多两银子，如今大人已经过了数百个州县，所得的银两不止百万,这还不算大人索要的酒菜、车船等的花费。海瑞今天难逃一死但是死也要把这事说出来,好让天下人都知道大人的所作所为。他日大人回到朝廷必定会有人替海瑞上报皇上。"说完就拿出一个算盘,对众人算着说,钦差大人这次出京以来在这里受贿几万两,在那里受贿几万两,边说边算。

张志伯虽然心中十分生气,他怕海瑞再这样算下去就是杀了他,也不干净,就笑着说:"你这知县我看是疯了。"就吩咐众人把海瑞赶出去。海瑞笑着说:"大人息怒,刚才我只不过是和大人开个玩笑罢了。"张志伯趁机说:"这种玩笑下次不要再开了,免得别人当真了。"说完就吩咐海瑞准备好纤夫,钦差船队明天启程,张志伯等人当晚就在县衙住下。

海瑞吩咐海安第二天带上县衙的衙役和自己一起到码头去拉纤。第二天,海瑞送钦差大人一行来到码头,张志伯坐上船后。张府家人见没有纤夫就十分生气,来找海瑞。海瑞立刻就和海安等差役一起下水在船头拉纤。淳安县的百姓看到海瑞代替自己给钦差大人拉纤都很感动,他们说:"县太爷是我们的父母官,怎么可以给别人当纤夫用。"说完都跳进水里劝海瑞说:"大人请上岸,让我们来拉纤就是。"海瑞说:"你们快去种地吧,不要耽误了农活。"百姓说:"大人说得哪里话,这天下哪有让父母官给别人当纤夫的道理,我们受累是应该的。"说完就一起拉起纤来,张志伯看见,赶忙让人把海瑞叫上船,说:"海县令真是爱民如子,我回去一定把你的情况禀告皇上，让皇上好好地重用你。”说完，吩咐船工开船而去。

海瑞这次得罪了钦差张志伯，张志伯肯定会伺机报复海瑞，要知海瑞后事如何，且听下回分解。

第八回

有作为圣上提拔
倾腰包海瑞辱相

话说张志伯离开淳安县以后，继续巡查，过了几天就回京复命。回到京城张志伯先把这次巡查所得的赃物送到严嵩处两人瓜分，此时的严嵩已经升为太师，位高权重。严嵩看了赃物清单，心中十分高兴，连忙吩咐严二照单全收。随后又吩咐家人准备酒菜为张志伯接风、庆功。席间张志伯给严嵩讲了这次巡查的事情，他对严嵩说这次巡查沿途各地大都很顺利，只有淳安县的海瑞十分倔强，不好应付。两人就商量着先把海瑞调到京城，然后再伺机报复海瑞。

第二天早朝，皇上问张志伯巡查的事情，张志伯说："微臣奉旨巡查各地，发现各地官员大都十分勤劳廉洁，各地粮仓均没有亏空，人民安居乐业。"皇上又问他，这次巡查有没有见到特别有才能的地方官。张志伯说："淳安县知县海瑞十分清廉，爱民如子，刚当县令不久就把淳安县治理得井井有条。微臣到淳安县时，正是农忙时节而且又是旱季，海瑞不忍耽误农时，就亲自带领他的奴仆和衙役为微臣拉纤，微臣看到后，十分感动，臣以为如今的地方官之中若论才能和廉洁应该首推海瑞。"皇上听了以后十分高兴，让吏部的官拿来缺册看一下，上面有一个刑部云南司主事员缺，就任命海瑞为刑部云南司主事。

话说海瑞送走张志伯之后不到两个月，接到朝廷的圣旨，升任他为刑部的主事。海瑞接旨谢恩之后，就打点行装准备到京城赴任。老百姓听说海瑞要走，都擦着眼泪挽留。海瑞说："皇命难违，我不得不走。希望乡亲们都能奉公守法，遵从礼数，好好种田，都能过上好日子。这是我最大的心愿。"说着，忍不住掉下眼泪来。

几天后，海瑞把官印交给下任的知县，带着夫人启程往京城赶去。一路上星夜兼程，风餐露宿，不久就到了京城。海瑞将夫人女儿随便安排了个住处，就到吏部报到去了。报到完毕，海瑞来到刑部的主事公寓，看到那公寓年久失修，满地荆棘，必须要收拾一番才能住人，海瑞此时囊中羞涩，只好去老乡翰林院编修李纯阳那里借了一些银子，把房子稍微修理了一下安顿妻女。

海瑞上任以后需要去拜见各个上司，其中最重要的上司就是太师严嵩。海瑞连着跑了五天都没有见到严嵩的面。这天海瑞又来到严嵩门前，看到严二正坐在门口，就走上前去递上自己的名帖，脸上赔着笑说："麻烦二先生给通报一声，说新任的刑部主事海瑞求见太师，已经在门外等了好几天，请太师有时间的话召见一下。"

严二看都没看就把海瑞的名帖扔在地上，说："二先生又不是你家的，为什么要听你的话，你这个新来的主事怎么一点规矩也不懂，你先回去，等懂得了规矩再来。"听了这话海瑞一时不知道说什么好，就红着脸走了出来，坐在大门外板凳上一句话也不说。

海安看到海瑞不高兴就上前问道："老爷怎么生这么大的气？是不是见了太师聊得不投机，受了太师的气？"

海瑞叹了一口气说："如果是受太师的气倒也好说，现在是无缘无故地受了太师家奴严二的气，想想实在是不值得。他居然说我不懂得规矩。"

海安小声说："老爷有所不知，那严二是太师的心腹家人，下面的官员要想见到太师必须通过严二。严二订了一个规矩，凡是官员第一次见太师都要给他三百两的见面门包，他才会进去禀告太师。另外，官员第一次见太师都要给丞相送上见面礼，这礼物不值上万两银子至少也要值几千两银子。否则即使见了太师，他也会怪你藐视他，而让吏部把你除名。老爷不知此中道理，所以一连几天都见不到太师，老爷，我们现在不如先回家再从长计议。"

海瑞听了感叹道："天子脚下，一朝太师居然敢这样目无法纪。皇上被小人蒙蔽居然毫不知晓。"

回到了家，夫人问他拜见太师的事情，海瑞只是叹气，什么话也不说。夫人就私下里问海安，海安就把当天的事情说了。夫人听完什么也没说就做饭去了。吃饭的时间海瑞只吃了几口就吃不下了，夫人安慰他说："老爷不要这么烦恼，还是想想怎样过太师这一关吧。"海瑞说道："我一个穷官刚到京城，在这里没有什么朋友，前几天修房子的钱还是从纯阳兄那里借来的。官场这样艰难，我想拼了这个乌纱帽也要和严嵩主仆理论理论。”

夫人劝道:“老爷不要以卵击石,自取灭亡,想想你十年寒窗苦读才得到这个官,为今天这个事拼了你的锦绣前程不值得。我知道你不愿奉迎权贵,但是大丈夫能屈能伸,有时不要与小人计较。我的嫁妆之中还有白银二百两再加上一些首饰可以凑够三百两门包钱。另外,太师家富有千万,不会和你计较一份见面礼的。”说完让金姑去把自己的首饰拿过来。这时金姑已经八岁,是一个聪明伶俐的小女孩,她说:“母亲好好的东西为什么要拿去送人?”夫人说:“你一个小孩子家知道什么?送了这些东西就能保住你爹的乌纱帽了,要不然你爹丢了官咱们一家连饭都吃不上,你快去拿。”金姑说:“你说爹爹做官咱们才有饭吃,那爹爹没做官时咱们就没饭吃吗?”夫人生气地说:“小孩子再淘气就要挨打了!”海瑞叹了一口气说:“女儿知道你喜欢自己的首饰,也难怪她这样了。”海瑞想了一会儿对女儿说:“孩子,你去拿来吧,爹爹保管还把东西带回来就是。”金姑说:“爹爹说话算数。”海瑞点了点头。

海瑞拿了首饰和银子,带着海安朝严府走去。到了严府,见严二正在门口坐着,海瑞送上银子和首饰。严二十分高兴地说:“你要早按规矩办事,就不会浪费我这么多时间了。丞相的见面礼你带了没?”海瑞说:“这个不用二先生费心,见了丞相我自然送上。”严二听了以后走进府内。

严嵩正在万花楼上休息,一觉醒来看到严二立在旁边,就问严二有什么事。严二把海瑞请求见严嵩的事说给他听。

严嵩想起张志伯在淳安县的事情，知道海瑞是一个刚正不阿、无所畏惧的人，就对严二说："你们不要收这个人的门礼，传他来见我。"严二来到门房，对海瑞说严嵩同意见他了。

海瑞跟着严二来到后堂，转弯抹角，走过很多庭院才见到严嵩。海瑞见了严嵩先行参见之礼，然后就和严嵩聊了起来。聊了一会儿，海瑞对严嵩说："下官有一个隐情想禀告太师，不知当讲不当讲？"严嵩说："有什么事情你尽管说来就是。"海瑞先谢了罪，然后说："太师为百官之首，一人之下万人之上，四海闻名。现在太师又辅佐皇上，把国家治理得国泰民安，全国的臣民都很仰望太师。卑职到京城赴任以后，一直想拜见太师。但是太师的家人严二说官员第一次见太师必须给他三百两门礼他才肯通传，他还说太师有规定，官员拜见太师必须送上至少千两的见面礼，否则太师就会捏造事实让吏部把他除名，严二这样做严重有损太师的名声，我不想太师受到小人蒙蔽才冒死禀告。"

严嵩听到海瑞当面揭他的短处，心中十分不高兴，本来想发怒但是想了想又忍下来说："假如真如你所说，我真是被这几个小人给蒙蔽了，不知那严二勒索你没有？"海瑞说："如果不是卑职亲身经历也不敢说给太师听。"说完就把严二是如何勒索自己的对严嵩说了一遍。

严嵩听完以后，脸青一块紫一块的，他生气地说："岂有此理！这狗奴才竟然背着我做出这种事来，等我审问他一下，如果属实绝不轻饶他。"说完就叫严二进来，严二进来以后，严嵩骂他说："你在我府中当差，有你吃，有你穿，你为什么还要瞒着我私下里做些无耻的勾当！你可知罪？”

严二看海瑞就在旁边，猜想严嵩可能是为了他向海瑞索要贿赂的事生气，就说：“小的到老爷府上以后，遵纪守法，恪守本分，并没有什么过失，不知为何惹老爷生气了。”海瑞在旁边忍不住插嘴说：“你不要欺瞒太师，刚才你收了什么东西还不禀告太师。”严二说：“你看见了什么？为什么要在我家主人面前诬陷我？”严嵩喝道：“狗奴才，我来问你，海主事说你私下向他索要门包，可有此事？”

听了这话，严二想海瑞可能已经把事情告诉了严嵩，就说：“海老爷进门时说赏赐给奴才一些银两和首饰，现在还在门房里。海老爷要是舍不得，问奴才要回就是了，为什么要在我主子面前诬陷我？”严嵩听严二这么说，知道他是真的收了海瑞的贿赂，就骂严二说：“你这个不争气的狗奴才，竟敢这么大胆私自接受人家的赏赐，还不快去拿来还给海老爷。”

严二不敢多说，立刻跑回门房把海瑞送他的东西拿回来送还海瑞。严嵩当着海瑞的面又骂了严二几句，又和海瑞说了些别的事情才让海瑞走。

严嵩送走海瑞以后，越想越生气，就把严二叫进来骂道：“你这奴才怎么这么糊涂！我不让你收他的东西，你还收他的东西。现在可好，害我当众出丑，我当官以来第一次被人这么羞辱，真是岂有此理！”严二说：“老爷当官以来，深受皇上器重，所设的规矩没有人敢不遵守，这个海瑞竟然敢毁谤老爷，老爷何不立刻在皇上面前参了他？”

严嵩说：“海瑞这个人刚直忠正，而且不怕死。你没听说张国公的事吗？如果现在和他翻脸，他把我的事都上奏皇上，那我这几年的经营都付之东流了。你以后少惹海瑞，对付海瑞我自有办法。”

海瑞回到家中，把首饰还给金姑，金姑接着首饰，心中十分高兴，蹦跳着把首饰放回屋内。然后海瑞就把见严嵩的经过说给他夫人听，夫人听完以后知道海瑞的官位保住了，心中十分高兴。

话说那张贵妃进宫以后，小心伺候皇上，深得皇上的宠爱，张贵妃生的儿子皇上把他立为太子，皇上对太子也十分喜欢。正在这时，皇后病死。皇上就打算立张贵妃为皇后，严嵩知道以后急忙谏止。要知严嵩为什么这么反对皇上册封张皇后，他们之间究竟有什么瓜葛呢？且听下回分解。

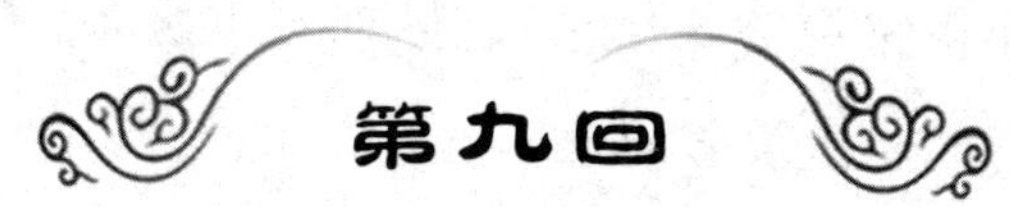

第九回

严嵩献女惑皇上　海瑞参相毁纯阳

话说那严嵩的外甥女叫郝卿怜，十四岁那年，爹娘先后病死，没有依靠，来投奔舅舅严嵩。严嵩见卿怜生的美人胚子，爱如掌上明珠，就亲自养护，教她诗词歌赋，还让她跟着大内乐部女官学习歌舞。严嵩一直在等好机会把自己的外甥女送进宫，好在他日当上皇后来巩固他的地位。现在皇后可巧刚刚去世了，正要趁机献上自己的外甥女，却立马听皇上说要册封张元春为皇后，心里很不高兴，赶紧搬出一堆堆的理由阻止皇上。谁知道皇上一心一意要封张元春，没有听他的，他气哼哼地退朝回家了。

严嵩在府中思来想去找不到一个好计策，正在烦闷之时，足智多谋的兵部给事赵文华来了，见丞相闷闷不乐，就给他出了个主意，严嵩一听，大喜过望。第二天上完早朝，皇上问严嵩："近来市面上米价怎样?"严嵩回奏："今年春上雨水充足，气候适宜，真是风调雨顺！各地稻米丰收，简直是一禾九穗，今年是个大丰年啊皇上！"皇上一听非常高兴："啊，这样朕就不用担心了。"严嵩高喊万岁，趁机说："皇上忧国忧民，终日操劳，上天特降丰年，以显示皇上英明。小臣斗胆恳请皇上到小臣家中赏花小坐，以体现君臣之乐，不知道皇上肯赏脸不肯？”皇上笑着同意了。

严嵩回到府中，立刻请赵文华过来负责布置花园中的亭台楼阁，不一会儿，就收拾得花团锦簇。这边严嵩叫卿怜盛装打扮，又把一班歌姬排练了一番。严嵩穿着朝服在家等着，到了午时，黄门官飞奔来报，说皇上已经起驾，马上就到了。严嵩赶紧命人沿路焚香，远远望见华盖飘飘，便手捧玉圭，看见銮舆，立刻山呼万岁。皇上赐他平身，严嵩亲自护着皇上坐的銮舆来到内堂，到了内堂皇上才下车。严嵩又请皇上坐上两个美女拉的小碧金车（一种精雕细刻的非常华丽的人力车），摆宴万花楼。

到了万花楼，只见这里非常幽雅，恍似瑶台仙境，大内也没有这么精致的布置。皇上边看边赞叹：“爱卿家真是神仙之府啊！”严嵩连连道谢。到了楼上，又是一番风景，这楼高达数仞，四面都是玻璃窗户，楼里雕梁画栋，金碧辉煌。严嵩请皇上坐在中间的玉龙墩上。皇上放眼四周，只见远处青山隐隐，绿水悠悠，很是心旷神怡。严嵩亲自给皇上倒酒，随即上来一群歌姬，明眸皓齿，穿着精致美丽。

为首的女子更是美艳绝伦，站在众美女中间，犹如鹤立鸡群，她伸出葱白般的小手捧着玉杯，向前跪下给皇上献酒。皇上注视她半天，心神动摇，不由笑着对她说：“卿真是神仙下凡啊！”之后还不断地拿眼光瞟她。严嵩趁机说：“这个女子能够见到皇上的圣颜，实在是她的福气啊！”皇上笑着说：“这个女子的风姿可比杨贵妃啊！朕想当三郎，不知道丞相肯不肯给我这个好处啊?”严嵩说:“这是老臣的女儿卿怜,今年十七岁了,还没有许配人家。只是她资质平平,怕亵渎了圣上。”皇上笑着说:“丞相不要吝啬。”严嵩赶紧和卿怜一起跪下,高喊万岁谢恩。皇上大喜,即刻命人载卿怜先入宫,皇上和严嵩喝了一会儿酒,才起驾回宫。严嵩心花怒放,护送銮舆一直到皇宫门口才回来。第二天就听说皇上昨晚在翠华苑临幸了卿怜,严嵩更是高兴万分,从此对赵文华另眼相看,没多久就提拔他为刑部郎中,这且不说。

再说那卿怜,自从开始得到宠爱,便施展百般手段媚惑皇上。不几天皇上就册封卿怜为上阳院贵妃,宫中都称她严妃,皇上对她几乎是言听计从。严妃便开始早晚在皇上面前说张皇后的坏话,图谋不轨。嘉靖八年(1529)五月,皇上不顾众大臣的阻谏,以皇后乃平民出身,不能母仪天下为由,废掉张皇后,立严妃为后。严妃将要当皇后了,见张皇后有儿子,怕自己的皇后当不长,就又进谗言,把张皇后母子一起打入冷宫,永远不许再朝见。好人落难,宫中的人都嗟叹不已!

海瑞听说了,立刻上本奏请皇上改变主意,不要废掉张皇后。皇上心里不高兴,念及海瑞一向清廉耿直,说得又是正理,就没有说他什么,只是不同意。海瑞长叹一口气:“谗言惑君,忠言逆耳啊!”

严嵩知道了,记恨在心。海瑞本来在刑部三年,应该上报升官的,严嵩却故意不迁海瑞的官,海瑞也不在意,只是希望皇上能够早日清醒过来,不要为小人所惑。

皇上宠爱严妃,理所当然就非常信任严嵩,这时候严嵩已经位极人臣，皇上又尊他为国丈，更是结党营私，不可一世，朝廷大小事务都要经过他的手，然后再上奏。海瑞的两次报功都被严嵩驳回了。严嵩还每每想找茬陷害他，只是海瑞办事处处小心，没有破绽，严嵩始终没有办法下手。所以海瑞不高不低的一直在刑部待着，心里很是忧闷。

一天，海瑞公务不忙，就到翰林院编修处找李纯阳聊天。听说严嵩十五岁的儿子严世藩，在翠勾栏院喝酒，一句话不对，竟借酒使性，把里面的妓女打死。知县不敢追究严世藩责任，反而把老鸨扣押起来。海瑞叹着气说："这样的事情以后恐怕不会少啊！"只是他被奸臣挡着道，虽然在京城，无奈官职低微，不能够亲自面圣。两人没有说几句，有人来找李纯阳。李纯阳就请海瑞自己先稍坐一会儿，他去去就来。

海瑞一个人干坐着没意思，就随便翻看李纯阳的书籍，不经意翻到一本书中夹有一张纸条，上面写着严嵩的十二条劣迹：

一、强娶民女，陷害其父母入狱致死，最后又把此女缢死；

二、担任刑部尚书以来，断案必受贿，否则不予审理；

三、江南一家三口命案，凶手有钱，贿赂严嵩白银三千，严嵩便让凶手逍遥法外；

四、严嵩当上丞相兼太师之后，目无君父，滥任官员，同时于六年九月，矫诏杀不为己用的太保刘然于狱中；

五、因福建闽王没有贿赂严嵩，严嵩向皇上进谗言赐闽王死。严嵩又指使地方官抄闽王家，以饱私囊；

六、严嵩所任官员，皆是同党；

七、严嵩为牢固自己的地位，故意以外甥女冒充亲生女儿进献皇上，蛊惑皇上，陷害张皇后以及太子；

八、严嵩和步军统领张志伯勾结，屡屡奏请提拔张志伯直到封爵，掌管九门钥匙，居心不可测；

九、随便提拔赵文华，目无皇上；

十、私自增收赋税，以饱私囊；

十一、纵容家奴严二放高利贷；

十二、府宅建筑，仿照皇宫，有僭越之罪。

海瑞一看大喜说："有凭证了！"说完急忙把纸条塞到袖子里，不辞而别。回到家里，又细细读了几遍，越看越愤怒，立刻下笔写了一本奏折，把这些罪状一一写出，第二天穿了朝服去参见皇上。皇上看了奏折半天没有说话，最后把奏折拿着退了朝直接到后宫去了。

海瑞见皇上没有驳斥他，还以为奏本有效，高高兴兴地回来。夫人见了，就问他有什么喜事？他说今天参了严嵩，夫人大惊失色："老爷你真不知死活啊！现在严嵩权高位重，你竟敢参他，岂不是以卵击石，自取死路吗？"海瑞说："他虽然有权有势，但是他犯了国法无数，理当制裁，我怕他什么！"夫人叹气说："他虽然犯法，但是他女儿现在是皇后，老爷不是他的对手，你就等着吧。"海瑞："夫人放宽心。皇上待我恩重如山，我就是为奏严嵩的事情死也值，你不要再说了。"

再说嘉靖皇上把奏折拿给皇后严氏看，严氏赶紧哭倒在地说她父亲待下过于严格，以至于有人怀私心诬陷她父亲，请皇上明察。嘉靖说:“这上面十二条案件,有理有据,朕若是庇护他,有些偏袒,这样吧,朕就让三法司来审理一下,彼此说清楚就没事了。”说完就拿起御笔批示道:海瑞所奏,如果属实,即刻严加追究。着三法司秉公办理,不得徇私。严嵩、海瑞即并押发受审,不得有误,钦此。

旨意一下,三法司立即命廷尉传人。这三法司是太常寺卿刘本茂,刑部尚书郭秀枝,兵部侍郎陈廷玉。郭秀枝跟严嵩是一伙的,自然要庇护严嵩。严皇后悄悄派人送来三份礼物嘱咐三位大人行个方便。郭秀枝于是就见陈廷玉,陈廷玉见皇后懿旨,只得答应见机行事。只有刘本茂,心里不平,但是口里只能应允。

不一会儿升堂,郭秀枝先请严嵩,严嵩穿着青衣小帽上来,请坐之后,问:“听说太师和海瑞有过节,有这回事吗?”严嵩说:“我们之间向来没有来往,哪里有过节!这件事是因为海瑞怨我没有升他的官,故意奏本,公报私仇。请三位大人明察!”

郭秀枝又请海瑞单独上堂,海瑞也是青衣小帽的来到公堂。郭秀枝却不让座,连连质问道:“你告严嵩十二条罪状,有证据吗?大臣有罪,历来是朝廷中的大臣联合上奏。你只是一介小官,竟敢参奏国戚,你可知罪?”海瑞义正词严:“严嵩欺君罔上,卖官鬻爵,公开受贿,草菅人命,天下谁人不知,哪个不晓?乱臣贼子,人人得而诛之!我虽然是一介小官,也是深受国恩,当以死相报。”郭秀枝又问:“你既然说有证据,能一一确指吗?”海瑞说:“不能,但是皇城内外,没有人不知道这十二条罪状。"郭秀枝说:"你既然不能确指,这不是诬告么!想来是有人指使,说!这十二条罪状是从哪来的?"海瑞说:"人人皆知的事,哪里没有!"郭秀枝大怒:"听你这话,不打是不肯招了!来人,掌嘴!"

刘本茂赶紧制止:"且慢!海瑞主事,你从哪里知道这事的,不妨直说吧。"海瑞想想,也是,都怪自己一时义愤填膺过于激动,不辨真伪,就上奏了。现在被问得无言以对,不如让李翰林过来一趟做个证吧。于是便说出了李翰林,这一说不打紧,却把一个忠臣义士的性命搭进去了。欲知这海瑞参相后事如何,且听下回分解。

图四　海瑞上本参严嵩

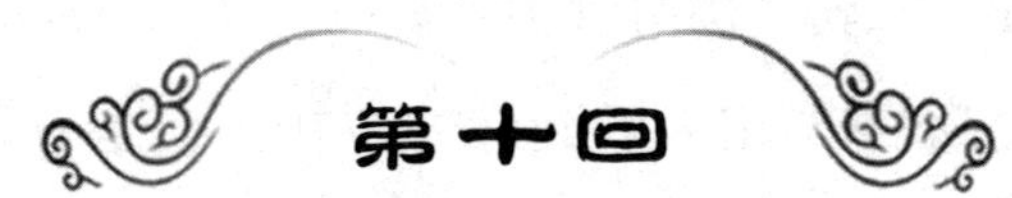

第十回

君惑依然斩纯阳 臣忠仍旧谏复储

话说海瑞听了刘本茂的话，说这十二条罪状是从史馆编修处李纯阳的书籍中得到的。郭秀枝冷笑道："原来是你和李纯阳捏造的罪状，带下去！"左右答应着把海瑞带出大堂。刘本茂说："海瑞说这话肯定是有原因的，不如把李纯阳叫来问问就知道了。"说完就命廷尉官即刻前往李纯阳家拿人。

李纯阳正在家里和客人下棋，忽然家人慌张来报："老爷不好了，不知道海主事怎么把老爷扯进官司了，现在三法司正差人来请老爷呢！"李纯阳听了，丈二和尚摸不着头脑，急急忙忙出来见了廷尉官才明白原委，就说："请各位爷容我去和夫人见一面再跟你们走。"廷尉官答应了。

李纯阳进里屋和夫人说了，夫人莫氏大惊失色，哭着说："相公此去，还能活着回来吗？"李纯阳说："夫人不要伤悲，我如果回不来了，你一定要把咱们的儿子抚养成人，我就这么一点骨血，夫人千万不要辜负了我的心意，这样我就没什么遗憾了。"当时李公子李受荫在旁边，见父母这样，就说："父亲不要儿女情长，生死由命，没有什么好迟疑的。"李纯阳听了大喜道："好！好！有你这样的儿子，我死也瞑目了！"说完就和廷尉官一起到三法司堂去了。

到了大堂，李纯阳一看到郭秀枝在上面坐着，心顿时灰了："看来我这次必死无疑啊！"原来郭秀枝以前在翰林院时和李纯阳不和。李纯阳很瞧不起郭秀枝的品行，常常批驳他。两人在大堂上见了，郭秀枝装腔作势，故意拿朱砂笔点了李纯阳的名字，叫书吏在旁边高声呼叫，极尽侮辱之能事。李纯阳气不过，不理他，他连点三次李纯阳都不应，恼羞成怒："大胆书呆子！公堂之上，竟敢蔑视本官！"李纯阳笑道："不是我自负，实在是我的名自从圣上用御笔点过之后，再没有谁敢直呼我的名字，不想你却连连直呼，奇怪了！"郭秀枝更加恼怒："你不要自恃是太史，就没有王法了！"李纯阳针锋相对道："率土之滨，莫非王臣。我有过自然受罚，哪里不服王法了？只是我的名讳，不是让你来大呼小叫的！"

刘本茂见两人吵了起来，赶紧转移话题，说："李太史言之有理。我们今天也是奉旨办事，实属不得已而为之。刑部主事海瑞参了严太师十二条罪状，昨个已经审过了。因为海主事不能把罪状一一说清，说是从太史家的书籍中翻出来的，不知道是不是这样的？"李纯阳这才如梦初醒，明白是海瑞偷拿他的纸条，于是说："这十二条确实是严嵩的罪状，因为情况属实，才准备直接写入史册。只是一时疏忽，没有放入金柜，不想被海瑞偷拿。"刘本茂说："但是你没有人证物证，又怎么能立案呢？太史未免太造次了些！"李纯阳还没有来得及说话，郭秀枝抢过话头，拍着桌子大怒道："你身为史官，无凭无据，捏造事实乱写史书，你可知罪？"李纯阳不服，两人唇枪舌剑，郭秀枝怒气冲冲，命廷尉看守，吩咐暂时退堂。

到后堂之后，郭秀枝跟他俩商议说："看来李纯阳也没有确切的证据，这些案件可以回避，你们看怎么样？"陈廷玉无可无不可，只有刘本茂不同意。于是郭秀枝偷偷联合陈廷玉回奏皇上：一切讯问清楚，只因太师数载没有升迁海瑞，海瑞就和同乡好友翰林院编修李纯阳捏造罪状一十二条中伤太师。臣等伏查律条，下僚因为私怨诬告上司，主犯应斩立决，从犯免官，另外罚以枷杖。臣等不敢擅自做主，今将审讯实录呈上，伏乞皇上圣鉴，训示遵行。

皇上见了奏折，没有看到刘本茂的名字，觉得奇怪，就让内侍悄悄地宣刘本茂进宫。刘本茂回到家里一直在想着郭贼陷害海、李二人的事情，眼见二人为国除奸却落得身首异处，自己岂能袖手旁观？于是自己单独写了一份奏折准备明早面圣。刚写完内侍就来了。刘本茂就直接拿着奏折跟内侍进宫见皇上。皇上赐座平身，问道："海、严之案，卿也在审，为何联名上奏不见卿名，是不是其中另有隐情？"刘本茂于是就把实情一一道来，最后说李纯阳身为史官，泄露国家密事，应该治罪。海瑞属于忠君爱国，不应治罪。

皇上听完，迟疑不决，又问道："卿所言句句属实？"刘本茂回答说："这些都是大堂审讯之后，臣私下到廷尉处探问出来的，但有半句虚言，皇上可治臣死罪。"皇上沉吟半天，说："卿先退下吧，朕自有处置。"刘本茂辞谢而退。多亏了刘本茂这本奏折，才使皇上看清事实真相。皇上拿着两本奏折，再三比较，觉得刘本茂说的比较合乎情理，就准备依刘本茂将严嵩革职治罪。刚要批示，皇后严氏盛装跪下喊完万岁，泣不成声。

皇上赶紧拉起她，只听严氏哭道："臣妾的父亲被海瑞诬陷，请陛下明鉴！"皇上说："卿父和朕是厚交，又是国丈，理当宽宥，只是今海瑞所奏十二条罪状，来自于史馆，看来是确凿无疑的了，朕也无可奈何啊！"严氏说："史馆泄露国家密事，罪不可赦，愿陛下先斩李纯阳以儆效尤！"说完哭得梨花带雨的，皇上被迷惑了，当即改变主意批示：编修李纯阳泄露史馆机密，诬陷大臣，即刻处斩。海瑞不该造次冒奏，念其一心为公，情有可原，留职罚俸半年，以警之，钦此。

李纯阳被问斩之后，海瑞才被释放出来，得到这个消息，一路飞奔到法场，抱着李纯阳的尸体放声大哭，吩咐家人先不要入殓，自己向朝房奔去，不管天色已晚，直接到大殿跟前把那龙凤鼓击打得咚咚连响，惊动了御林军，立刻围上来将海瑞拿住。海瑞说："我有隐情，请容我向万岁爷禀报。"那些侍卫见他说得含糊，只好把他带着，层层上报。须臾，满殿点满蜡烛，内监到内宫奏请皇上，皇上宣海瑞觐见。那些侍卫出去把海瑞抓进殿里。皇上问道："冒奏太师之事，朕念你出于无心，特加恩宽恕，你今天还敢击鼓，难道还有什么委屈吗？"海瑞叩头奏道："微臣参严嵩，完全是一片忠心。臣蒙皇恩宽宥，李翰林却被斩首，臣不敢苟且偷生，恳请皇上赐臣死罪，以全朋友之义，明微臣之志。"皇上说："李编修泄露机密，罪该斩首，你为他殉什么情？"海瑞说："陛下英明神武，黎民百姓莫不承德泽。君臣、父子、兄弟、夫妇、朋友五伦之中，夫妇有恩，朋友有义。如果说李编修秉笔直言，记载严嵩罪状十二条，分内之事却属死罪，那么微臣害纯阳丢了性命，又怎么能够偷生呢？恳请皇上赐臣一死谢罪吧！”

皇上听罢，长叹一声说：“卿真不负人啊！只是李纯阳已经死了，卿是朕的正直之臣，朕怎么舍得杀你？”于是传旨赐李纯阳冠带，用五品之礼安葬，并追赠为翰林学士。海瑞谢恩领旨，急忙奔回法场告诉李夫人和李公子。入殓时，海瑞一身孝服，如丧考妣，逢人就说自己的过错，还跟着守灵，直到小祥过后才回衙门。

海瑞回来之后，想着母子俩以后的生活孤苦无依，就跟夫人商量着，打算把他们母子俩接到府上同住，先供李公子读书，以后再把女儿许配给他，以报答李纯阳的恩情，夫人同意了。自此，李夫人母子就住在了海瑞家，海瑞亲自教李受荫经史，这孩子也很聪慧，一听就懂，海瑞大喜，比自己亲生的还要爱惜。第二年，李纯阳大祥之后，海瑞就请了媒人说合李公子和他女儿的亲事，这且不说。

话说这年正好皇上四十大寿，京城里到处张灯结彩，大小的臣子都精心准备贡物给皇上祝寿。海瑞本来就是个穷官，又多养活了几口人，自从上任以来，一直是一身红袍子从冬到夏，连个替换的衣服都没有，哪里还有闲散银子准备贡物？只好空手去祝贺了。

这天，皇上高兴，遍赐群臣寿宴，海瑞也在座中。大臣们纷纷写诗恭祝皇上福如东海寿比南山，江山永固帝道恒昌。

皇上看完，独独不见海瑞开口说话，就问："诸卿家都有诗篇，主事为何沉默不语？"海瑞跪下说："微臣反应迟钝，还在思索着好词佳句。"皇上命他速速和诗一首，海瑞便回到位子上，刷刷题了一首七律呈上。皇上看完，再三吟哦，沉吟半天，长叹一声，低头不语。众大臣莫名其妙，海瑞却笑了。

皇上宣海瑞到御座前，说道："看了爱卿的诗，朕心里有愧啊。可是事情已经到了这个地步，朕该怎么办呢？"海瑞顿首回道："陛下恩泽广布天下，又何必在乎开一下金口，使他们母子两个也能够为陛下欢庆呢！"皇上大喜："那就依卿所奏。"海瑞立刻磕头谢恩，山呼万岁，退回原位坐下。

皇上接着对文武百官说："朕自从三十岁即位，不觉已经十年了。回忆所作所为，有很多不对的地方，朕心里很后悔。现在朕与众卿家欢聚一堂，诗酒相娱，可谓是千古之盛世，只是缺少一乐啊！"众大臣异口同声地问："陛下英明神武，今河清海晏，实属极乐之天下，还缺什么呢？恳请陛下明示。"皇上叹口气说："古人云：有子万事足。朕今富有四海，蒙诸臣竭忠尽智，天下太平，可谓乐事。只是独缺一乐，朕没有儿子，如果今日朕的儿子能够席前祝寿，就全了！"海瑞急忙走到皇上跟前，奏道："陛下有儿子，怎么能说没有呢？"皇上故意问："寡人哪里有儿子？"海瑞说："张皇后产下太子，曾经昭告天下，到现在已经有七年了，陛下难道忘记了吗？"皇上故作惊喜状："啊，朕的确是忘了，多亏了卿家提醒，今日之事不可不使皇儿一睹盛事。"

海瑞趁热打铁奏道："太子称庆，理所当然。陛下何不现在就召太子前来，与诸臣相见？一来太子也能够亲自祝吾皇万寿，略尽孝道，二来也可以显示陛下以仁义治天下的美德啊！"皇上正要降旨，半路杀出个程咬金来，只见一臣手执象笏，趴在了金殿之上。欲知此人是谁，海瑞复谏结果如何，张皇后母子是否走出冷宫重沐皇恩，且听下回分解。

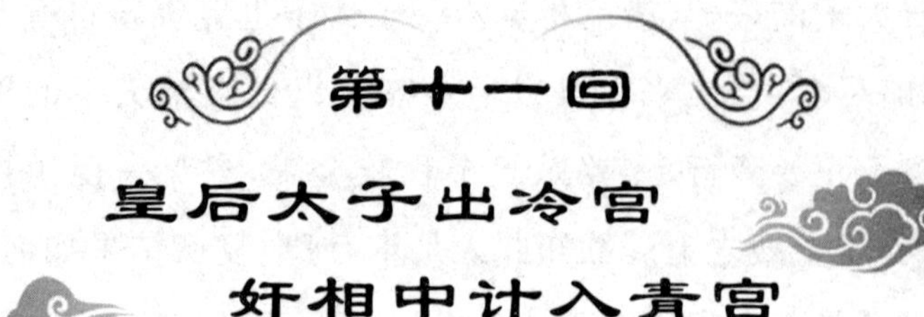

第十一回

皇后太子出冷宫　奸相中计入青宫

且说海瑞正在竭力使皇上重新接纳张皇后母子，皇上也被说动了，正准备下诏，不料严嵩手执象笏上来说："启奏陛下，皇子和张氏有罪已经被废好几年了，人尽皆知，陛下不应只听海瑞片面之词，被人笑话出尔反尔啊。这肯定是海瑞和张氏有私，趁机游说，以蛊惑圣心，请陛下快下旨杀了他，为天下除一大害！"皇上笑着说："爱卿可有儿子？"严嵩不知就里回道："臣有一个儿子。"皇上说："朕想让卿子代替朕子幽禁几年，爱卿愿意吗？"严嵩说："臣子没有过错，不能够进入冷宫。"皇上冷笑道："你都知道袒护自己的儿子，难道朕的儿子就该幽禁吗？丞相退下吧！"严嵩这一阻谏反而使皇上更觉得对不起张皇后母子，立即命内侍持节赦免皇后、太子，又单独设宴绮春轩，父子相庆。

再说冷宫里面，张皇后和太子被幽禁已经四年了，母子俩天天以泪洗面，多亏有冯保在一边时时开解劝慰才好过一些。这天，张皇后想起是皇上的寿辰，就和太子提起了，正在伤感之时，外面响起了叩门声。冯保开门一看，只见司礼监胡斌手捧节钺说："万岁爷有旨，特赦皇后、殿下，请速到绮春轩朝见。”不一会儿,小内侍手捧冠服伺候皇后、太子换上。

张皇后带着太子到了绮春轩,皇上已经在那里等候多时。太子已经七岁了,生得器宇轩昂,皇上一见,不觉动了父子之情,流下几滴泪来。张皇后和太子跪倒地上请罪,皇上赶紧离座,亲自扶起一起入席。张皇后说:“罪妾幽闭深宫,以为这一生再也不能和皇上相见了,不想还能重沐皇恩!”皇上惭愧地笑道:“过去的事不要再提了,咱们一家人今晚畅饮一番吧。”太子亲自倒酒,皇上大喜,酒席一直吃到晚上才撤。当晚皇上与张皇后宿于绮春轩,命冯保护送太子到青宫。

第二天,皇上令侍读学士颜培源为太傅,教太子诗书,又改绮春轩为重庆宫,只不提改易皇后之事,张皇后也不多说。那边严氏,见皇上连日临幸张皇后,又宽赦太子复居青宫,心里大怒,苦于无计可施,只好向严嵩求救。严嵩也无计可施,揣测依目前的形势,皇上不久肯定要恢复张皇后的后位,不如自己先退一步,于是写信叫严氏退位避祸。

这严氏看罢书信,无奈只好奏请皇上退位搬出昭阳殿,移居临春院,皇上立刻准了。又着司礼太监王贞洒扫昭阳殿,差礼部郎中侯植桐备法驾恭迎张皇后复居昭阳正殿。文武百官依例前来朝贺三天。张皇后和太子终于重见天日,恢复往日荣耀,风光自然不用多说。

张皇后派冯保私下打听才知道是海瑞的功劳,于是在文武百官朝贺的时候,特意宣海瑞上前说:“哀家今日能够重回昭阳殿,多亏了海卿家!今赐锦缎十匹,如意一枝。”海瑞叩头谢恩,这且不表。

再说海瑞招赘了女婿李受荫，李夫人思念家乡，执意要回潮州。海瑞无奈，只好应允，只是没有盘缠送她回家。苦闷了几天，忽然想到太子待他不错，可以向他开口借点银两以解燃眉之急，于是就写了一封信揣在怀里去了青宫。正好碰到冯保，就把信给了他。太子放学回来，看到信笺，就跟冯保说："看来海恩人是不得已才向我开口，可是我每月的月俸有限，现在没有这么多钱，怎么办呢？你替我想个主意吧。"冯保说："海恩人初次开口，不能不给他面子，殿下可以向户部借钱。"太子说："问户部借钱不是不可以，只是我们刚刚复位，借钱还要上奏，我在父皇面前怎么说呢？被严嵩知道了，借机会参一本，只怕我们又要回到冷宫了，使不得。"冯保想了又想，说："奴才有一计，严太师家里富可敌国，殿下可以问他借。"太子冷笑着说："他现在正恨我们母子恨得牙根痒痒，哪里会借我银子！"冯保一笑，俯在太子耳边如此说了一番，太子顿时眉开眼笑，立刻命冯保前去严府请严嵩。

却说严嵩听说太子有请，问安之后，就问冯保有什么事。冯保说："只因太子爷今年开始上学了，对五经还不甚了解，特意命咱家来请太师前去讲解。"严嵩很奇怪，问道："太子有太傅教着，怎么让老夫前去呢？"冯保说："只因太傅不是很用心讲解，太子不爱听他讲，特意请太师前去呢！"严嵩只好答应。

第二天一大早，严嵩就直奔青宫。冯保早早就在宫门口候着，远远看见，就连忙说："太子爷久候了，太师里面请。"太子坐在龙榻之上，见严嵩进来，连忙起身说："先生能来一趟真不容易啊！冯保，看座。”严嵩要行朝拜之礼，太子打住，请他坐下说话，严嵩就谢恩坐下。那冯保就在严嵩身后暗暗用腿抵住那三条腿的椅子，不让严嵩发觉。

严嵩问道：“蒙太子召见，不知太子有何指示？”太子道：“承蒙皇上宽宥，前日使孤就学，只是太傅不善讲解五经，孤心里厌烦。久闻老先生博学宏才，学贯诸经，特地向先生求教，希望先生不要退却。”说完吩咐内侍上茶。那内侍便捧了两盏茶出来，先递给太子，以眼光示意。太子会意，便拿了其中一盏在手。剩下那盏却是滚烫的，送到了严嵩面前。严嵩伸手来接，刚开始不以为茶水是滚烫的，没有在意，等到拿到手里，感觉就像手里抓着一团红炭一般，严嵩吃不住烫，一把扔到地上。冯保在后面悄悄收腿，严嵩身子一动，椅子就倒了，把严嵩也带了个跟头，茶水也溅到了太子的龙袍上。太子故作怒容，骂道：“你这是做什么！要在孤面前撒泼吗？冯保！把他带着，咱们找皇上说理去！”严嵩吓得魂不附体，赶紧跪倒在地，不住地磕头谢罪说：“老臣不小心失手，冒犯了殿下，实在不是故意的，恳请殿下宽恕。”太子怒道：“孤心里明白，你看孤年纪小，就存心当面欺藐，孤岂能饶你！走，到皇上面前再说！”冯保心里偷笑，紧紧抓着严嵩胸前的袍服，一路扯到大殿里来。

皇上很奇怪，问道：“皇儿不在青宫读书，却带冯保扯着太师做什么？”太子先请了安，奏道：“儿臣因不懂诗经，特请严嵩进宫讲解。这严嵩欺负儿臣年幼，当面把儿臣的茶盏打碎，相国欺负儿臣，就是目无尊上，请陛下为儿臣做主。”皇上听完，就问严嵩："太子好意相请，你却故意打碎御用茶盏，是何道理？这罪责不小啊。"严嵩连连磕头，说："皇上圣明！老臣不是故意的，实在是那茶盏故意弄得滚热，老臣被烫失手，不小心打碎了茶盏。老臣不敢欺藐太子殿下！恳请皇上明察！"

皇上一寻思就明白是冯保干的好事，小事开解一下就是了，就对太子说："相国失手出于无心，杯子碎了，皇儿叫他赔就是了。"太子说："明明是他故意把茶盏扔到地上打碎的，还狡辩说是茶盏故意弄得滚热，这句话就可以看出他是怎么想的！儿臣一切听父皇的，相国立即赔儿臣的茶盏价，只是严嵩有惊驾之罪，不能不惩罚他，以警将来！"皇上笑着问道："皇儿想叫他赔多少？"太子说："儿臣只要他赔一千两就算了。"皇上于是说："相国，你不该打碎御杯，今着你赔太子一千两银子，明早缴到青宫去，并向太子负荆请罪。你有不敬之罪，朕决不枉法，本应该将你发配云南充军三年，只是朕需要你在跟前办事，特加恩典，只罚你在云南司过堂三天以赎罪。"严嵩不敢再辩解什么，叩头谢恩之后，憋着一肚子气回府去了。

第二天，严二带着一千两银子来到青宫，冯保学着严二平日在严府的规矩，对严二百般刁难，坚持要三百两银子的好处费，否则不去回报太子，让他严二交不了差。真是冤家碰上了死对头，把个严二气得哼哼的，又不敢得罪冯保，只好跟冯保打了欠条，保证一个月内把银子还上。冯保这才进去通报，把一箱银子抬了进去交割清楚，严二恨恨而返。

这边，冯保唤两个内侍抬着箱子，一路往海瑞衙门走去。海瑞正在家中闲坐，听说冯保过来，赶紧出迎。冯保命内侍把箱子抬到里间，对海瑞说："这是一千两银子，恩公先收下，咱太子爷说了，恩公以后有什么急需之处，尽管说话。"海瑞感激不尽："一次就够过分了，哪里还敢有第二次！"说完当空朝着青宫的方向拜谢，又对冯保感谢了一番，说："今海瑞在穷困之中，蒙公公和殿下施恩救急，海瑞只有焚香厚拜，他日定登堂致谢。"冯保笑着说："区区小事，何足挂齿？要是当面道谢，就不用了。太子爷说过，怕严贼知道了诬陷说是交结外臣，反而麻烦呢。"海瑞只得作罢。

海瑞把银子送到李夫人那里当盘缠，李夫人说路费二三百两就够了，用不了这么多。海瑞坚持要她全部收下，以备回去孩子读书生活费用，李夫人拗不过只好收下了，不几天，收拾停当就回潮州了。

却说海瑞送走李夫人一家，忽然家人来报，严嵩因为打碎青宫的御用茶盏，被太子抓住不放，扭到皇上那里说理，赔了一千两银子。又因为惊驾，罚他充军，只因朝中大事离不开他，皇上特加恩典，发落到海瑞堂上过堂三日，权当充军三年。明天严嵩就过来，特意提前来通知。

海瑞听完，高兴得手舞足蹈，拿手指着严府的方向说："天呀，真是报应啊！奸贼，你平日里横行霸道，肆无忌惮，想不到也会有今天吧！"立即传了差役前来，吩咐道："明天奸相严嵩来过堂，你们看着我的眼色行事，我叫你们拿下，你们立刻拿下。叫你们动手，你们就给我狠狠地打，不许作假，谁不照办，立刻重罚。”差役们纷纷答应着下去了。海瑞恨不得现在就是明天，好惩治一下奸贼，以快人心。欲知严嵩明日在大堂之上是何丑态，海瑞杖打奸臣之后又是何等凶险，且听下回分解。

图五　严嵩失手扔御杯

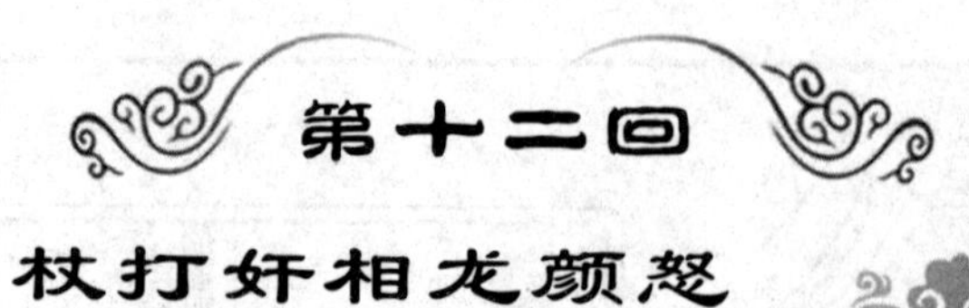

第十二回 杖打奸相龙颜怒 解救恩公太子急

话说海瑞一心想着惩治奸贼大快人心，一大清早就起来吩咐海安在门外伺候。不到半个时辰，车马随从簇拥着严嵩前呼后拥地过来了，海安赶紧上前拜见。严嵩下马坐在一张马鞍上，叫海安进去通报。

海瑞听了以后，立刻吩咐三班衙役打开公堂大门，请严嵩进来。这时候严嵩已经换了青衣小帽，让众家奴在外面候着，自己跟着海安进去了。只见海瑞满面笑容，对严嵩作揖道："恭请太师金安！太师大驾光临有失远迎，恕罪恕罪，请上座。"严嵩回道："老夫有罪，今天奉旨过堂，应该听点才是，刚峰(海瑞的字)坐吧。"海瑞道："太师位极人臣，辅佐国家，劳苦功高，皇上也只是顺应太子的心意不得已让太师来这里稍坐一会儿而已，请太师上座。"严嵩来过堂本就是走走过场，见海瑞这么谦恭，还以为是敬意，就不客气地笑着说："既然这样，老夫就坐了。"说罢竟然上公案前坐了。海瑞说："太师请稍等，海瑞去倒茶来。"说完就进去了。

却说严嵩坐着想想不对，海瑞平时与他不和，今天却一团和气，有问题，刚想离开，海瑞突然进来问衙役说："谁在上面坐着?”衙役回道:“是严太师。”严嵩站起来说:“就是老夫在此,刚峰花眼了?”海瑞故意问道:“你来这里干什么?”严嵩说:“老夫奉旨过堂,你难道不知道吗?”说完心里已经有了三分怒气,又回到座位上坐着连连说:“岂有此理!岂有此理!”海瑞质问道:“你既然是奉旨过堂,就应该在下面报名听点,怎么把我的位子占了?”严嵩火了:“就是偏宫私殿,老夫想坐也就坐了,何况是你这小小的主事公堂?简直莫名其妙!海瑞,你这火气冲谁来了?”海瑞道:“就冲你来了!”吩咐左右:“给我抓了严嵩!”那些差役,平时都知道严嵩是个不好惹的主,遂面面相觑,都像泥塑木雕了似的,口里答应着,却不敢上前动手。

海瑞看到这情况勃然大怒,立刻叫海安、海雄二人上前。海安、海雄答应一声,如狼似虎地上前,一把把严嵩抓下来。严嵩大怒,不禁骂道:“大胆畜生,反了!”海瑞立即升堂问道:“你这厮胆敢违抗圣旨,不过堂、不报名、不应点,反而占我公案,你可知罪?”严嵩冷笑道:“随便你怎么说,谅你也不能把老夫怎么样!”海瑞听了更是怒不可遏,喝道:“你倚仗权势,戴罪之身,还敢如此骄横!不想想王子犯法,与庶民同罪。今天我就打你这个藐法欺旨的奸贼!”说完抓起一把签扔到地上,吩咐左右:“拉他下去,重打四十大板!”差役们还是不敢动手,海安、海雄上前把严嵩扯翻在地。皂隶不得已,拿了一条三号板子,跟严嵩说了声告罪,轻轻地打了起来。

海瑞看了气得七窍生烟,斥退皂隶,亲自拿起板子,重重地打了三十五大板,凑足四十板。把严嵩打得皮开肉绽,鲜血直流，在地上一边叫疼一边骂海瑞。海瑞喝道："这是第一次，明天早些来过堂，如果再敢骄横，再打四十大板！"说完命差役将严嵩拖出去退堂。

严府家奴在外面候着，突然看见主子狼狈不堪地出来，大吃一惊，赶紧上前扶住问询，严嵩痛得一句话也说不出来，家人急忙把他扶上轿子回府。严嵩回去之后足足躺了几个小时，缓过来之后，让儿子严世藩立刻写奏折，明日上朝的时候在皇上面前重重参他海瑞一本，治他个死罪，好出这口恶气。

第二天，严嵩让人抬了去上朝，见了皇上故意一步两晃地挨到龙书案前，口喊万岁，眼含热泪，求皇上救他一命。皇上见爱卿如此狼狈，大吃一惊，接过严嵩添枝加叶的奏折看完，龙颜大怒，立刻派御林军前去锁拿海瑞。

不一会儿，海瑞已经跪在了天子脚下，皇上质问海瑞为什么毒打大臣，海瑞刚辩解几句，无奈严嵩在一旁对皇上拿言语相激，皇上喝令御林军将海瑞捆绑起来，推到西郊，于午时处斩！海瑞不再说什么，笑着出来。

却说冯保撞见了，吓得魂飞魄散，赶紧回去向皇后娘娘禀告。张皇后大吃一惊，慌忙召太子前来，慌乱之间竟然没有计策。冯保谏道："现在要向皇上保奏也来不及了，还不如请太子亲自到法场，把海恩人带回来候旨。等万岁爷怒气消了，再恳请赦免还有希望。"太子想了想，也没有更好的办法，就和冯保乘着快马往法场奔去。

海瑞到了法场，看到监斩官是严嵩学生张聪，自想再没有生还的可能，就抬头望着苍天说：“苍天啊苍天！想我海瑞，平生以除暴安良为己任。昨天不该一时激动杖打奸贼而触怒皇上。只希望我死后，上苍能够保佑早除奸佞，国泰民安！这样我海瑞死也瞑目。”说完就坐在石凳上，等待受刑。不一会儿，海瑞的几个同僚都来祭奠他，海瑞一一道谢，并没有半句怨言，大家都很敬佩他的精神。

太子和冯保一直闯到法场里面才下马，张聪没有见过太子，还在那里耍威风，等知道了，吓得屁滚尿流，立刻将海瑞松绑，领到太子面前。太子见了海瑞，叫了一声海恩人，竟然不觉得流下眼泪。海瑞没想到太子会来法场，赶紧跪下，流着眼泪说道：“微臣有什么好，敢让殿下屈尊到此？微臣能够见到太子一面，死也瞑目了！请殿下快快起驾回宫，微臣即将上路了。”说完失声痛哭起来。太子也哭着说：“恩人放心，孤当面见父皇，保你不死。”话还没有说完，差役报催斩官到了。太子一问，原来是严嵩之子严世藩，现任兵部给事兼刑部郎中，便宣他来见。严世藩下马就听说太子来了，心里一惊，暗想：碰见他在这里，海瑞这厮看来杀不了了，真是可恶！

太子见了严世藩，喝令他缓刑，着冯保在此地守着海瑞，命严世藩、监斩官和自己一道进宫见皇上。严世藩无计可施，只好照办。这边张皇后还在宫中候着皇上午睡醒来，见到太子，焦急地问：“我儿，海恩人现在怎么样了？”太子一一说了，问母后现在该怎么办？张皇后想了想，说：“我儿不必慌乱，等皇上醒来，你我苦苦哀求，如果皇上还是不肯，我还有话说，皇上会开恩的。”

不一会儿，皇上醒来，见太子来请安，就问："皇儿不在青宫读书，跑来干什么？"太子趴到皇上跟前说："儿臣有事想启奏陛下恩准。"皇上笑道："你小小年纪，有什么事情？"太子说："刑部主事海瑞，不知道犯了什么罪，您要杀了他？他有恩于儿臣母子，儿臣想保他，以回报他的大恩大德。"皇上奇了："海瑞只不过是刑部的一个小官，与皇儿风马牛不相及，他能有什么恩德？"太子认真地说："如果没有海瑞这样的正直之臣，儿臣和母后可能今天还在冷宫里面囚着，不能与父皇相聚。他实在是儿臣的恩人，儿臣岂能辜负了他？儿臣知道父皇治理天下，向来以仁义为本。海瑞杖打宰相，是有原因的，父皇不要被严嵩的片面之词蒙蔽了。依照惯例下属不得处置上官，但是严嵩属于犯罪充军，就不能再以宰相的身份奉旨过堂！他自恃是宰相，公然强坐公堂，实在是不遵法度！如果海瑞不敢依法办事，一任严嵩胡作非为，那么海瑞就属于阿谀之小人，哪里值得父皇再重用？现在海瑞不避权贵，依律杖打严嵩，实在是父皇不可多得的正直之臣，父皇高兴重用还来不及，怎么能杀了他呢？这样一来，以后的忠直之臣，恐怕都要变成谄媚小人了，谁还敢效法海瑞啊！请父皇三思啊！"皇上没有想到太子小小年纪，说话毫不含糊，有理有据，心里大喜，只是如果无罪释放海瑞，那严嵩势必不甘，沉吟了半天，对太子说："皇儿先退下，朕对海瑞开恩就是。"

太子见皇上答应了，立刻骑快马到法场告诉海瑞。圣旨随后也来了，监斩官、海瑞等都跪下接旨。只听内侍读道：

“奉天承运,皇帝诏曰:海瑞擅自杖打宰相,罪当斩首,但严嵩是获罪充军,不该强坐公堂。严嵩业已受刑,毋庸置疑,海瑞当发送廷尉衙门,重杖八十,监禁刑部三个月,期满之后,由该有司请旨定夺。钦此。”海瑞山呼万岁。

太子赶紧叫人给海瑞松了刑具,不一会儿,就有官差来带海瑞。太子对官差说:“海主事今天奉旨受杖,但他是孤的恩人,你们要是敢故意狠毒,孤决不轻饶!”官差唯唯遵命。太子想了想还是不放心,就叫冯保留下看着差官行杖,以防不测,说完又嘱咐海瑞几句,海瑞眼含热泪,目送太子回宫。

却说严嵩在家,听说海瑞被太子救出,只是罚杖监禁,气得直跺脚:“这个小太子,为什么偏偏要和老夫作对呢?”当即修书一封,私令廷尉官务必在杖刑时结果了海瑞性命。廷尉官看完书信,百般为难,两边都不能得罪,正不知如何是好的时候,人报太子差冯保公公监杖来了。廷尉官赶紧出去迎接,待冯保说明来意后,回道:“请公公回奏太子殿下,在下照应就是。”冯保说:“照应不照应,咱家不管,咱家要看在眼里才放心,请升堂吧。”廷尉官赶紧吩咐升堂,并叫多摆一张椅子与冯保公公同坐。冯保拒绝道:“咱家是内官,岂敢擅坐公堂?这是朝廷办公的地方,万万使不得的,请廷尉开始吧。”说完就立在公案边看着,廷尉无奈,只好传令带海瑞上堂。

廷尉官见冯保在这里,就对海瑞客气有加,吩咐左右扶海老爷下去受杖。皂隶请杖号,廷尉官想了想说:“二号吧。”

冯保摆摆手说:"二号太重了,换七号八号的吧。"廷尉官为难道:"没有那么多号,最小是三号的,那就三号吧。"冯保点点头,皂隶取来三号板当堂验过,就要开打,冯保又道:"轻轻地打,如果重了,当心你们的脑袋!"皂隶领命动手。

刚打了五杖,海瑞吃不住喊了声痛,冯保赶紧说:"罢了,罢了,就这样算了吧。"廷尉官说:"这是圣旨,小的不敢随便更改。"冯保说:"那就让咱家替了吧!"廷尉官说:"公公玩笑了。"说完吩咐皂隶,轻轻地打。皂隶真是用尽了功夫,轻轻地打下去,海瑞不觉得十分痛了。打完,廷尉官派人将海瑞送到刑部大牢中,这里冯保见海恩人没有大碍,就回去向太子复命了。

却说严嵩一心想斩草除根,见廷尉官没有毒打海瑞,就派人吩咐门生刑部侍郎桂岳在大牢里将海瑞害死。桂岳立即传令司狱官胡坤道:"今天新收进来的本部主事海瑞,你想办法取张病状把他结果了。"胡坤不解,桂岳就说了严嵩之意,这胡坤哪敢不从,赶紧献计道:"只要断了海瑞的米水,不到十天他就没命了。"

到了狱中,胡坤对牢头禁子们说了严嵩的意图,吩咐立刻将海瑞囚禁到狱底。狱底就是牢狱中最黑暗的尽头,一般是把已死或者快要死的犯人抬到那里,专门等候验尸收殓。那里不见天日,阴风透骨,仿佛地狱,就是好端端的人进去,也会毛骨悚然,时间一长,必死无疑。这海瑞被禁子们上了手铐脚镣和脑箍,举步维艰,到了狱底一个踉跄,蹲在了地上,只觉得冷气侵骨,一会儿昏迷一会儿清醒,竟然一下子就病倒了。

外面海安、海雄二人天天来送饭，天天被拦住不让进。海安无计可施，想去求见太子，偏偏冯保这几天在昭阳殿伺候没有出来。海安在宫门外一连等了两三天都没有见着人影，心急如焚。欲知海瑞这回是否命丧狱底？且听下回分解。

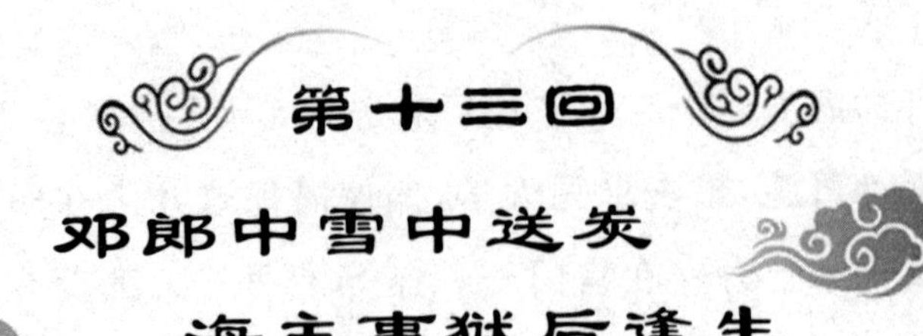

第十三回

邓郎中雪中送炭 海主事狱后逢生

却说海安在外面无计可施，只得和海雄提着食盒回到家来找夫人商量。夫人说："要想知道老爷在里面的情况，必须找个刑部里的人才有希望。"海安忽然想起一个人，赶紧说："有了！刑部郎中邓来仪老爷是老爷同年(同榜考中的人)，大家都是老乡，老爷和他平日关系也不错。要不求他带小的进去见老爷一面?"夫人回道："只能这样了。那你快去，就说我本该亲自去求的，只是严嵩耳目太多，怕连累邓老爷，他日定当拜谢。"

海安飞也似的跑到邓郎中的府宅。一见到邓郎中就跪下放声大哭，哀恳邓郎中带他进去见海瑞最后一面。邓郎中也动了乡情，扶起海安说："听说严嵩打算在狱中结果了你家老爷的性命，外面派严二守着，不许送饭，想来他已经饿了两天了。后天才轮到我查监，回去禀告你家夫人，你后天早上过来随我混进去吧。"海安擦着眼泪回去了。

这里邓来仪答应了海安所托，心里暗想：海瑞现在已经饿了两天了，如果后天进去，怕早已撑不住了。又不能送饭，这可如何是好？突然想到一个计策，立即到里面，叫夫人取了米仁人参，又叫家人去买了两升糯米，吩咐丫鬟将米煮熟舂烂，加入人参泥，用糯米团成小饼形状，包在纸里。到了查监那天，邓来仪吩咐海安混在家人中间跟着他见机行事，自己把参饼揣着，去了刑部大牢。

严二早就坐在了狱门口，见了邓郎中理也不理。邓郎中也不说话，喊了禁卒把牢门打开，海安混在家人中进去了。司狱官参见并捧上新犯名册请邓郎中亲点，邓郎中就拿着名册，开始逐个监牢验看镣铐。过了几个监牢之后，终于念到了海瑞的名字，却不见人答应。邓来仪问："这个人跑哪里去了？"书吏不敢应声。邓来仪喝道："监狱重地，你居然敢说不知道？"旁边有狱卒插嘴道："奉严相国之命，海主事现在狱底关着。"邓来仪大吃一惊，急忙让狱卒带路来到狱底。

邓来仪到了狱底，黑不见人，只听到时有时无的呻吟声。邓来仪赶紧命狱卒去掌灯，见四顾无人，就唤道："是海兄吗？"海瑞听到有人叫他，挣扎应道："是我，足下何人？"邓来仪迅速将参饼塞到海瑞手里，口里说道："我是东莞邓某，你还记得吗？拿好，饿了稍吃一点，弟即有救兄之计。"海安刚摸到这里，要走上前去，见狱卒掌灯进来，急忙避开。灯下邓来仪这才看清海瑞的狼狈模样，一阵心酸，点完其余犯人，就出来在亭子里坐着。

时已近午，邓郎中家人来送饭，严二看见了，怕又是和海瑞相好，进去会给海瑞吃，死死堵着门不让进去，拉扯到最后竟然打了起来，严二一把将食盒打翻在地，吵闹声惊动了司狱官，禀告邓郎中一起出来看。严二还在不干不净地叫骂，邓郎中见状大怒，喝道："何处刁奴，竟敢在这里撒野！"严二一脸骄横回道："你又是哪里来的？难道不知道俺严二先生吗？俺奉太师钧旨，来把守狱门。你家人居然想混进去送东西给海瑞吃，我将食盒打碎，难道不对吗？"邓来仪听了更加愤怒了，喝道："你家太师又不曾代理刑部，难道六部的事情，都要你家来做主吗？这饭是我吃的，你竟敢打碎，实在可恶至极！不打你这狗奴才，以后还怎么有脸见同僚于此地？来人，拿下，给我狠狠地打！"

众狱卒不敢动手，邓来仪家人抢步上前抓住严二。邓来仪道："取大毛板来，给我重重地打！"海安对他恨之入骨，急忙找了条大毛板，使全力死命地打。邓来仪见严二乱滚乱骂，又命海安脱下皮鞋，掌嘴十下，只打得严二不敢再骂，邓来仪才恨恨回府。严嵩听了严二被人抬回去后述说被打之事的原委，知是严二理屈，哭笑不得，斥责了严二作罢。严二吃了个哑巴亏，只得忍痛退下，这且不表。

再说海安出了一口恶气，满心欢喜地回复夫人去了。见到夫人，详细地述说了海瑞在狱中的苦处。夫人泣道："这可如何是好？老爷不是要被活活折磨死吗！"海安回道："这事还得找冯公公，想办法见见太子爷，才能够有转机！"夫人道："既然这样，你再去宫门等候吧，耐心一些！"海安领命出来，直奔着青宫的宫门口而去，守了两天才看到冯保。海安如获至宝，慌忙上前磕头哭求公公行个方便，救救他家老爷。冯保忙一把拉起，待问明情况，不禁大怒："这个奸相，竟敢陷害海恩人！你快随我进宫见太子爷。"

太子正在看书，看见冯保领着海安进来，就问："海管家，你怎么来了？"海安见了太子，扑通一跪，叫了一声千岁，便大哭起来，说不出话来。冯保没办法，就替他把海瑞在刑部狱底的情况给太子细细说了。太子一听，勃然大怒，骂道："严嵩，严嵩，你这奸贼！海恩人已经服罪了，你为什么还要百般陷害？孤岂能任你下毒手不管！"遂扶起海安道："你不要哭了，孤有主意，保管你家主人无事。"说完换了衣服，命海安、冯保跟着，一路往刑部牢狱而去。

到了大堂，冯保令守门差役立即通知各部大人速速来见，太子爷要问话。刑部尚书何阶不知太子驾到所为何事，急忙趋前恕罪。太子问道："主事海瑞又犯了什么罪，你们竟然要活活饿死他？"何阶一听来者不善，回道："海瑞奉旨进狱，微臣还不知晓。这些天都是左侍郎桂岳轮值，殿下召他来一问就知道了。"太子冷笑道："你身为尚书，竟然不知不问？你怎么当的尚书？立刻传桂岳来见孤！"何阶不敢抬头，赶紧令人去请桂岳。

桂岳来了，太子一见就怒气冲冲地说："海主事是奉旨来此监禁的，你为何如此歹毒，要断送他的性命？"桂岳只说不知道，太子喝道："尚书也在这里，你还敢抵赖？快去请海主事出来！"桂岳慌忙跑进狱底。

再说海瑞这几天有了参米饼充饥，卧在地上，感觉好了些。桂岳命狱卒扶他出来，一看，形容枯槁，棒疮也发了起来，走路很是艰难。桂岳赶紧安慰他："主事身上安好？"海瑞道："安是很安好，只是地下太湿了。"桂岳说："都是他们不好，在下一定会好好惩罚他们。现在太子来看你了，请到外面说话。”海瑞这才明白他如此好心，原来是太子来了。于是故意摔倒在地上，呻吟着说：“我浑身疼痛，走不动了，不去了。”桂岳着急道：“这可如何是好？”

还没有说完，冯保进来了，一看海瑞，就大骂桂岳道：“你们如此狠毒！好好一个人，在这里才几天，竟变成这副模样！到外面再和你算账。”海瑞道：“冯公公，自从我进来之后，一天到晚被他们毒打，现在已经残废了。劳烦公公着人抬我出去，见得殿下一面，死也瞑目！”冯保又呵斥桂岳道：“你们干的好事！现在太子爷要立刻见他问话，你给我背他出去吧！”桂岳急忙唤下人上前来背，冯保斥道：“谁说要他们背了？叫你背！”桂岳被骂慌了，只好上来背。海瑞心里恨死了桂岳，故意在他脖子上吐了许多唾沫，桂岳忍气吞声，一路背到刑部大堂。

太子与海安见了，急忙上前，海瑞翻身下来，趴在地上哭道：“微臣何其幸运，劳驾太子殿下屈尊探望！微臣肝脑涂地，不能报也。”太子问道：“海恩人，你怎么弄得如此狼狈？实话实说，孤与恩人做主。”海瑞泣道：“微臣一进狱中就遭桂岳等人陷害，严二把门不让送饭，要活活饿死微臣。又被安置到狱底，几天下来，身体也残废了，恳请殿下做主！”

太子一听，勃然大怒，唤了桂岳就骂：“海主事和你无冤无仇，你下手这么狠毒！如果不是孤今天来看，怕是已经死在狱底了！今后孤将他交给你好生服侍，一日三餐，少了一顿，就唯你是问！”桂岳唯唯诺诺。

冯保想了想说道:“太子爷,万一我们走了,他又这样歹毒怎么办?最好是先将恩公放到秤上秤了斤数记着,再把恩公托给这厮供养。过几天如果轻了,就将这厮身上的肉如数割下来补上。”太子点头同意,又这般吩咐了桂岳,桂岳不敢说半个不字。

海安上前问海瑞:“老爷可有什么要吩咐小的?”海瑞道:“你回去告诉夫人,就说我好好的,不要挂念,三个月期满就回去了。”海安答应着。太子又对桂岳重复道:“你好生服侍海主事,孤五天一验秤,如有差错,小心你的脑袋!”说完命冯保拿了一套新衣服给海瑞换上,然后叮咛再三才上马离开。

桂岳受了一肚子委屈,又不敢向海瑞发作,只得令人将海瑞送到官仓里住,每天好酒好菜的供着,不敢有一丝怠慢。海瑞自从当官以来,还没有享受过这种每天喝酒吃肉的待遇,于是在私下里叹道:“这生活真让人乐不思蜀啊!想我海瑞整天忙忙碌碌,唯恐政事不清,哪里有这番享受?”那冯保又五天来探望一次,不到半个月,就把海瑞养得胖胖的。

再说严嵩满心希望海瑞已经被活活饿死了,接到桂岳消息之后,气得跺脚道:“太子怎么事事与老夫作对?有他挡道,我这私仇可怎么报!”从此以后,严嵩更把海瑞当作肉中刺眼中钉,恨恨作声。

张皇后在后宫,一想起海恩人仍在狱中就担忧不已,只是没有办法让他出来。忽然有一天,皇上在宫中喝酒,张皇后乘机进言:“海瑞是陛下不可多得的直臣,陛下格外开恩赦免了他吧!”皇上说:“朕已经开恩免他死罪,打算监禁三个月之后，派以外任。不这样，严嵩不会罢休的。”张皇后说：“陛下常常有宽恕囚犯的恩典，现在天气炎热，狱中更是苦不堪言，陛下何不一视同仁，赦免了海瑞，他会更加效忠陛下的。”皇上笑着同意了。

第二天早朝，皇上即传圣旨，着吏部侍郎封樾前往刑部狱中，特地赦免海瑞出狱，并进宫面圣。海瑞山呼万岁，到了金殿，见到皇上，海瑞行二十四拜之礼，感谢皇上的赦免之恩。皇上说：“朕爱惜你是个有才能的忠直之臣，特地赦免，以激励后来的有志之士。现在派你前往山东济南府，任历城县知县，如果有政声，再加重用。你可要好好干啊！你现在就可以回去收拾启程了。”海瑞叩谢隆恩。出来没有先回家，而是直奔青宫叩谢太子。太子道：“恩人珍重，三年之后再相见了。”海瑞这才回到家里，夫妻团聚，其乐融融。

临别时，太子又命冯保赐海瑞白银三百两，以备路上不时之需。海瑞感激涕零，冯保叮咛道：“恩人保重，到任之后安心为官，宫里自有咱爷照应。”海瑞接了吏部送来的文凭，带着海安、海雄和夫人四人，背着简单的行李，离开了京城，一路上风餐露宿，直往山东历城县奔去。欲知海瑞在历城县明察暗访到什么惊心动魄的案件出来，海瑞又招来什么杀身之祸，且听下回分解。

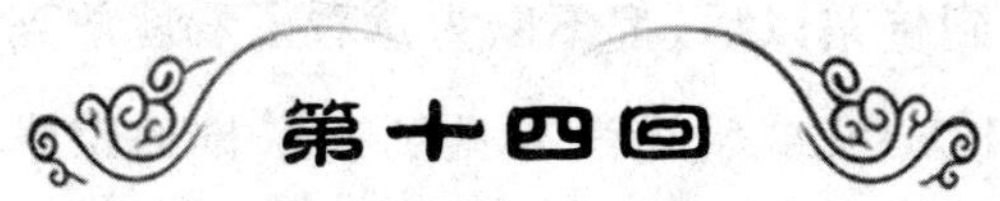

第十四回

明察暗访历城县

恶贯满盈刘东雄

话说海瑞到了山东以后，没有立刻去上任，而是把家眷安排在客店里，自己打扮成算命先生带着海安到各处暗访去了。访了一段时间，海瑞听说当地有一个叫刘东雄的恶霸。

刘东雄家有良田千亩，骡马成群，富甲一方。刘东雄在县城外还有一个庄园，庄园内的仓库里装满粮食和金银，花园里满是珍贵的花木。这庄园里还养了几十个打手，这些打手不仅帮他收租和放高利贷，还帮他抢夺良家女子。在历城县凡是刘东雄看上的女子，就先抢回家，然后再到那女子家中去下聘礼，这样，那些家人就是不同意也无可奈何。刘东雄敢这样横行乡里自然有官府在背后撑腰，他不仅收买了县里的官员，还贿赂了很多省里的大官，所以官府对于刘东雄的恶行不仅不管，还助纣为虐，任由他胡作非为。

海瑞私访了半个多月，掌握了刘东雄的许多恶行，心中十分生气，就赶到县衙去上任。海瑞上任以后就立刻发传票(传票就是指官府签发的传唤与案件有关的人到衙门去的凭证)，让衙役捉刘东雄前来审问。

县衙的衙役平常都收了刘东雄的好处，也深知刘东雄的厉害，在收到传票以后，都不以为意看了看就放到一边去了。

过了几天，海瑞始终没有见到刘东雄的踪影，就传了衙役进来问为什么传票发出去几天了，还没有把犯人带到。

衙役说："小的收到老爷的传票以后就立刻去捉拿刘东雄，但是刘府的府门，小的进不去，如果要捉拿刘东雄，只有老爷你亲自前去才行。"

海瑞听了以后心中十分生气，就说："你们这几个衙役，胆太大了，往日里你们与刘东雄勾结收了他不少好处，以为我不知道吗？现在却说进不了他的家门，分明是你们根本没有去捉他，现在却在这里欺骗本官，本官命你们五天之内捉拿刘东雄归案，如果到时捉不到人犯，就将你们几个重打三十大板。"衙役们见海瑞生气了，只得领命去捉拿刘东雄。

在去刘府的路上，衙役们笑着说："这新来的知县老爷准是看刘大老爷是个富豪，想敲他一笔，但是他不知道这刘老爷家大势大，岂是他这样可以敲来的。如果他对刘老爷恭恭敬敬的，说不定还能得到一点好处，现在只怕他要吃大亏了。"有一个衙役说："咱们不要管他，只管把传票送到刘府，到时有他好果子吃。"

众衙役来到刘府，刘府家丁通传以后，刘东雄让他们进去。衙役们进府见到刘东雄坐在亭子里，就连忙跪下请安。刘东雄让他们起来说话，衙役们起来说："我们说了老爷不要生气，新来的知县海瑞不识时务，他刚来没几天就发了传票要我们传你老人家过去审问。我们几个人想着他新来，不通情理就把传票放在了一边。谁知他今天早上把我们叫过去训了一顿，说如果五天之内我们不能捉你归案的话就要打我们板子。小的们没办法才到你府上找大老爷，请大老爷为我们做主。”

刘东雄听了以后，笑着说：“我知道了，这县令刚从京城出来，手中缺少银子就想从我这里要一些银子过去。但是他不知道想要我的银子必须顺着我来，如果他恭恭敬敬拿着名帖来拜见我，我自然会给他见面礼的。现在他却来自讨没趣，我要给他好看。这不关你们的事，你们回去帮我带话给他，让他好好地做这个知县，如果再不知好歹，我一封信保管他丢官去职。”说完便吩咐家丁赏每个衙役十两银子，衙役们拿了银子拜谢后离开。

转眼间五日期限就到了，这几天海瑞还没有见到刘东雄，就让人传办案的那几个衙役过来问话。那几个衙役听到海瑞传唤他们，就说：“这个县太爷太不明事理了，今天我们就把话给他说明了吧。”说完几个人就走上堂去交差。海瑞见他们走上堂，笑着说：“你们这几个衙役，办事一点也不上心，我说的五日期限已经到了，现在我让人打你们板子，你们还有什么话要说？”那几个衙役听说要挨板子，忙说：“小的们这个差没办好挨打是应该的，但大人在打之前，能否听小的们说几句话？”海瑞道：“你们有什么话就说吧。”衙役说：“前几天小的们接到大人的命令，就立刻赶到刘府，那刘东雄听我们说要捉他，就让他的百余个家丁把我们打出来，他还说，这济南一带当官的没有一个敢抓他刘东雄的，县令如果想要银子就乖乖地送上名帖去拜见他，他自然少不了给见面礼，如果再这样自讨没趣，他一封书信送到京城叫大人乌纱帽不保。”海瑞听了以后心中十分吃惊，就问：“他是什么人？怎么能一封书信让我的官做不成。”衙役说：“这刘东雄富甲一方，与省里的官员交往深厚，而且他还是当朝太师严嵩严大人的干儿子。如果他一封信送到严太师那里，老爷的官自然就做不成了。我劝大人还是少惹他为好。”

海瑞听说刘东雄是严嵩的干儿子就勃然大怒，他一拍惊堂木喝道：“你们这几个人，身为官差，见了犯人不仅不捉，还在公堂之上公然替犯人说话，一定是收了他的贿赂。来人，把他们几个给我拉下去重打三十大板。”堂上的衙役将他们拉下去就打，没几下就打得皮开肉绽，鲜血迸流。打完之后，海瑞说道：“本官今天先饶了你们，再给你们五天时间，如果到时还不能把人犯捉拿归案，就将你们几个人戴枷游街。”海瑞说完就退堂进入私衙。

进入私衙，海瑞想，我作为一个知县，连一个土豪都对付不了，以后还怎么为百姓做主呢？今天听衙役们的话，刘东雄在历城的势力是根深蒂固，一时之间很难动摇的，现在让衙役们去也是没用，我必须想一个办法。海瑞想了半天，忽然之间，喊海安进来，在他耳边说了几句话。海安答应了一声，就来到衙役们的住处。

被打的衙役们正在敷棒疮药，见海安进来，忙上前问安，海安让他们先躺下，然后说：“各位今天受苦了，心中一定怨恨我家老爷。不过这也不能完全怪我家老爷，各位在官府中当差多年，难道还不知道当官的心思吗？我家老爷本是京城的一个小官,因为有严太师的提携才外出做知县,出来时他手上没有多少银子。来到本地听说刘东雄富甲一方,所以让你们用传票去弄他几千两银子。你们几个倒好,不仅银子没弄来还当堂说了他一番,你说他能不生气吗?好在这刘东雄是严太师的干儿子,而我们老爷又是太师的门生,都是自己人。你们只管养伤不用担心,老爷以后不会再为难你们了。"

衙役们听了以后如梦初醒,他们说:"原来如此,我们几个伤好以后就到刘府把老爷的意思传达到,包管刘府的人立刻就会把银子如数送来。"海安听了以后面露喜色,又和他们说了一些话才离开。

过了几天,衙役们的伤好了以后,就一起来到刘府,见到刘东雄以后,他们把海安的话讲给刘东雄听。刘东雄听了以后笑着说:"这个县令现在变聪明了,可惜他聪明的晚了,如果他刚到时就对我恭恭敬敬的,我自然会给他面子。现在他知道我是严太师的人之后才对我恭敬起来,我不吃这一套。你们先回去吧,这件事我自有分寸。"

话说自从海安对衙役们说了那些话之后,海瑞就让他经常打探衙役们的口气。这天海瑞知道刘东雄说的话之后就低头不语。

过了几天刘东雄收到一封京城来的信,信上说,海瑞是严嵩的干儿子,现出任历城县县令,这个人非常穷,请刘东雄接济一下,并让他知道如何趋吉避凶。刘东雄看了信以后心想:前几天衙役们说新来的县官是太师的人我还不敢相信,现在又有太师的书信为证肯定是不会错了。既然太师说让我照顾他，我就看在太师的面上照顾他一下吧。说完就命人准备了一些礼物，第二天送到了海瑞的家里。

海瑞收到了刘东雄的礼物，知道他中计了，心中十分高兴。他打赏了刘府家丁一两银子，然后让海安把礼物收好，一点也不许动。

第二天，海瑞让海雄、海安请来了城中京果店、绍酒店、绸缎店、玉器店四处的掌柜，海瑞从他们每个人那里借来了一色货物作为礼物，让海安、海雄带上送到刘府，并嘱咐他俩注意观察一下刘东雄庄园内各处的路径。海安、海雄两人领命以后就让人抬着东西来到刘府，刘府家丁看到他们，让他们站在门外先把礼单送给刘东雄过目，刘东雄看了礼单以后笑着说："知县这样就对了，我刘东雄富甲一方怎么会要他一个穷官的东西呢？"说完让人打赏送礼人每人十两银子，让他们带着礼物回去。

海安心里想着要查看刘府的地形，就对刘府的家丁说："我们来之前我家老爷交代了，一定要把礼物送到，如今礼物没送出去，我们回去一定会受到责罚的。麻烦你让我们见一下刘老爷，我们当面恳请他收下这些礼物。"那家丁听海安这样说，就只得带他们进来拜见刘东雄。海安进了刘府以后，仔细观察刘府的每一个地方并记在心里。

海安见了刘东雄忙上去请安，刘东雄看到海安请安，也不说"请起"，仍旧是大模大样地坐着。海安说了一些海瑞让他转达的问候之后，刘东雄说："请二位回去告诉你家老爷，就说他的心意我领了，礼物就不用了。"海安说："我家主人听说刘老爷一向很大方，而且你和他同属严太师门下，所以刘老爷送的东西，我家老爷没推辞就全收下了，以显示我们两家的亲密。现在我家老爷送上一点东西做回礼，刘老爷却拒之门外，这样岂不是太见外了。”刘东雄听了以后也不好再推辞，就留了两坛酒，其余的让海安带回去。又赏了他们每人十两银子，海安等人叩谢以后抬了礼物原路返回。

海安回府以后把刘府的情况说给了海瑞听，又说每人得了十两的赏赐，海瑞让海安把其余的礼物退给城中的掌柜，所收的赏银除了两坛酒钱之外，剩下的全归他们自己。

过了两天正好是七月十五日中元盛会，刘东雄在家中设了法坛，请了许多和尚去做法事，海瑞听到这个消息，就打扮成一个算命先生混进了刘府。欲知海瑞这次混进刘府，生死如何，且听下回分解。

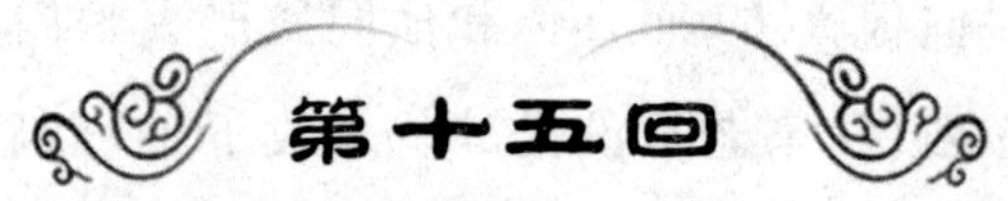

第十五回

海瑞偷信陷水牢　冤魂痛诉斩土豪

话说海瑞乔装成一个算命先生进了刘府，看到刘府内灯火辉煌，法坛之上几个和尚正在做法。在法坛的左边有一块被屏风隔出的地方，装饰得十分豪华，心想那就是刘东雄坐的地方，就故意走了过去坐到椅子上。过了一会儿，刘府的家丁走了过来，见海瑞坐在刘东雄的位置上，就上前喝道："你这人怎么这么胆大，这地方也是你坐的吗？东边的走廊下面有凳子有茶水，要休息到那里去。"

听他说完，海瑞起身要走，这时另外一个家丁说："等一下，看你的样子是一个算命的吧，我最近运气比较差，你替我算一卦。"海瑞问了那个人的生辰，假装推算了一番，说道："从卦象上来看，你这一生虽然不缺吃少穿，但是你始终要依靠别人生活，是个当下人的命，你的富贵有限，能活到八十多岁，现有一男一女。"那人听了以后说："先生真是活神仙呀！算得真准。"

其他的人听说海瑞算得准，都要他来算命。海瑞一一帮他们推算，不知不觉就到了天黑。这时恰好刘东雄走过，家丁们见了都急忙散开。刘东雄见海瑞面生，就问道："这个人是谁？你们这么多人聚在一起在干什么？”

家丁听了忙上前说：“他是一个算命的，小的们见他算得挺准的，就让他给大家都算算，没想到冲撞了老爷。”

刘东雄听了，对海瑞说道：“我的家丁说你算得比较准，你给我算一卦怎么样？”

海瑞回道：“能给老爷算命是小人的荣幸，只不过现在天色已晚，小的还要进城，不如明天小的再过来给老爷算吧。”

刘东雄听了，笑着说：“现在城门已经关了，不如今天晚上先住在这里，晚上给我算算吧。”说完就让家丁先带着海瑞去自己的书房休息等候。

吃过晚饭，刘东雄带着醉意来到书房，海瑞连忙上前去迎接。客套了一番之后，刘东雄送上自己的生辰八字，海瑞推算了一番说：“老爷是大富大贵之命，到四十一岁可以通过手段得到功名，官位在三品以上。老爷命中有三个儿子，但是妻妾以少为妙。老爷一生仗义疏财，每每遇到难事都有贵人相助，一生事事皆顺，寿命可至九十。”

刘东雄一边听一边点头说：“你说得还真准，我继承祖辈的基业，富甲一方。现又有贵人相助，年初那贵人对我许诺说明年可以做官。既然你算这么准，现在我再把妻儿的八字留给你，今晚你推算推算，我明天早上来取。”说完，刘东雄将妻儿的八字写下交给海瑞，就离开了。

送走刘东雄，海瑞关上门想：今天我来到这里一定要查到刘东雄的罪证，这样我就可以把他法办了。他干坐在那里无聊，就随手拿了桌上的书信来看。正巧翻到一封严嵩的书信，上面写着：东雄老谊台先生阁下，承蒙赠我东珠百颗，光洁圆净，实为稀世之珍宝。仆心里十分欢喜。贵省巡按熊岳，是仆门生，即将到任，他自会前来拜访阁下。只是他人生地不熟，凡事还劳先生提示。关伦氏那件案子，有司定为威逼毙命之罪，仆已经驳斥开脱清楚。至于捐官之事，仆考虑再三，不如阁下来年到京城，援例加捐为郎中，仆自然会在刑部、兵部给阁下谋职，然后再奏请皇上升你为侍郎，这样，不出三年，阁下就可以外任了。不知道这么筹划，阁下是否满意？如果可以，请赐指示，仆将即日上报。

海瑞看了以后心想：这人真是神通广大，竟然有办法勾结严嵩，如果不早日除掉，以后他买了官，一定会危害百姓的。这信中所说的关伦氏又是何人？怎么我在县衙的案卷里没见过？不管这么多了，先把这封信收起来赶紧弹劾严嵩、斩杀刘东雄。海瑞收起了这封信，又再翻别的书信去了。里面大多是刘东雄与各地官员的来往书信，信中大都是讲贿赂的事。海瑞越看越来劲，不知不觉就看到了四更天，海瑞就趴在书案上睡着了。

天明以后，刘府家丁给海瑞送水进来，见海瑞卧在书案上睡着了，案上的书信被翻得乱七八糟，就上前去把书信整理整齐，整理完后发现少了封信，那家丁心想肯定是海瑞偷了书信，于是就叫醒海瑞，问他是否拿了书信，海瑞说："我奉了你家老爷的命令，在这里推算八字，怎么会偷你家的书信呢。"那家丁听了海瑞的话，心中十分生气，就抓着海瑞来到刘东雄面前，把丢失书信的事说给了刘东雄听。

图六　海瑞刘府算命

刘东雄听了，心里吃了一惊，赶忙命人搜海瑞的身，自然搜出了那封书信。刘东雄看了十分生气，大怒道："多亏老天保佑我，要不我的性命就葬送在你手上了。现在不管你是谁，我都不能让你再走出刘府一步了。来人，把这厮给我推进水牢里去！"众家丁拥上，把海瑞拖了下去，投进水牢。

那水牢的上面是木板，下面是壕堑，里面漆黑一片，伸手不见五指，只能听到水声。如果将人推进里面不给吃喝，那人必死无疑。海瑞心想：我海瑞为官清廉勤恳，不想今天却要葬身于此，我为民做主，死得其所。但是我死了我的家人怎么办呢？如果刘东雄要斩草除根，我岂不是还要连累家人？想到这里不禁长叹了一声，掉下眼泪来。

海瑞在水牢里又困又饿，慢慢地就睡着了。蒙眬之中看到一个衣冠楚楚的人，站在自己面前说道："海刚峰，你不要发愁，你很快就可以出去了，只是我们几个冤魂在这里已经十几年了，你出去之后一定要为我们申冤呀！"海瑞问道："你是什么人？为何在这里被害？快说给我听，如果我能出去，一定会帮你们申冤的。"那人说："我叫简襄，是正德年间的进士，皇上钦点我为本省的巡按，我刚出京城就听说了刘东雄的恶迹，一路上明察暗访。到了本省没有去上任，先微服到这里调查刘东雄的罪证，不想被他发现了，将我毒打一顿投入水牢，使我饥寒交迫而死，到现在已经有十一年了，我这里有巡按大印为证。这下面还有五个冤魂，一个是太守李珠斗，一个是本县前任县令刘东升，其他三个是当地的百姓，他们都是被刘东雄投进水牢害死的。你出去之后可将这件事报告省里的提督大人，请他派兵前来捉拿恶贼。”说完就不见了。

海瑞一下子醒了，他想起了梦中的话，就自言自语地说：“难道我还有出头之日？梦中的事应该不会错的，但是我怎么才能出去呢？”海瑞想了一想，就站起身来，拜了一拜道：“简巡按，如果你在天有灵，请给我指条明路吧，我海瑞重见天日之后，一定为你们申冤。”海瑞刚说完，就刮起了一阵大风，接着就是雷电大作、大雨倾盆。忽然之间，一个霹雳下来把水牢打开了一个大洞，然后一阵狂风吹来，竟然把海瑞吹出了大牢，又过了一会儿，雷雨就停了。

海瑞醒来之后，发现自己不是在水牢里，而是在一所衙门前。海瑞就起来上前问门口的人道：“这里是哪位大人的衙门？”

门房回答道：“这是提督大人的行署，你是什么人？”

海瑞听说是提督大人的行署，高兴自然不说，忙上前说：“我是历城县知县，有机密大事要见提督大人，烦请你通报一声。”

那门房听了海瑞的话，心中十分诧异，但又不敢不通报，就对海瑞说：“你先在门房里等着，不要乱跑，我这就去通报。”

话说那提督名叫钱国柱，是武状元出身，生性耿直，不畏权贵。听说历城县知县冒雨到此，有机密大事要见他，就立刻传海瑞进来，海瑞见了提督行过礼之后，便将自己查访刘东雄的恶行，以及水牢中的事说给提督听。提督听完勃然大怒，立刻命令中军点齐三百兵丁，随海瑞去捉拿刘东雄。

海瑞带着中军来到刘府，天还没有亮，海瑞下令道："一百五十人将这个庄园团团围住，一百五十人随我进去捉人。"这时刘府的家丁尚在睡梦之中，都不知道出了什么事，一个个还没来得及穿好衣服就被海瑞带来的兵丁拿下了。当时刘东雄穿了衣服，刚要出来看就被官兵给拿下了。

待捉拿完刘府家人以后，天已大亮，海瑞让中军先带大队人马押着人犯去提督衙门，自己带着五十个官兵去水牢打捞尸体。海瑞带着官兵来到水牢，先把水牢里的水放干，然后命人打捞，果然打捞出六具尸体，其中一具上还有一个官印，上面刻着"山东巡按关防"几个大字。海瑞想，这就是简巡安的尸体，就对着拜了几拜。让人把尸体收敛好抬到庄外大安寺里安放。

这时海安、海雄带着衙役们也赶到了。海瑞让他们把刘府的东西当众清点完，贴上封条。然后就去提督衙门押解刘东雄等人，回县衙受审。

海瑞回到衙门立即升堂，吩咐衙役们先把刘东雄带上大堂。刘东雄上堂以后看到海瑞，站着不跪。海瑞拍了一下惊堂木，喝道："你这恶霸，见了本官为何不跪？"刘东雄说道："如是寻常百姓，见了你肯定是要下跪的，我来到这里不怪你没有迎接我就罢了，你还要我下跪。你让那么多人把我捉来有什么事？快点说来，说完快点送我回去，我没时间跟你说闲话。"海瑞听了骂道："你这恶霸，目无法纪，勾结官府，逼死人命，私设水牢，囚禁朝廷命官，犯了滔天大罪还想回去，真是异想天开。”刘东雄哈哈大笑道：“我犯的罪还不只是这几个，我犯的罪，知府、巡抚都不敢审问，你一个小小的知县能奈我何？”海瑞听了以后大声喝道：“我今天就让你看看我这个小小知县的厉害！”说完，命人把刘东雄拖下去，重打四十大板。衙役们见海瑞生气了，一点不敢怠慢，把刘东雄拉下去就打，直打得他屁股开花，鲜血迸流。

打完之后，海瑞令人将刘东雄拉上堂继续审问，他还是不招。这时海瑞想：这刘东雄与官府勾结深厚，又有严嵩撑腰，如果不能让他立刻招供，则日久有变。于是就命人给刘东雄上重刑。重刑过后，刘东雄忍耐不住了，把一切都招了。海瑞让他签字画押，直接判了死刑。判完就上报刑部执行，因为有刘东雄的供词，海瑞的上司也不好说什么。过了不久，刑部公文下来，刘东雄被当街斩首，他的家丁等人也被判了罪。

严嵩得知刘东雄被杀，心中十分生气，新仇旧恨加在一起，他想了一条毒计要把海瑞置于死地。欲知这条毒计是什么，海瑞能不能死里逃生，且听下回分解。

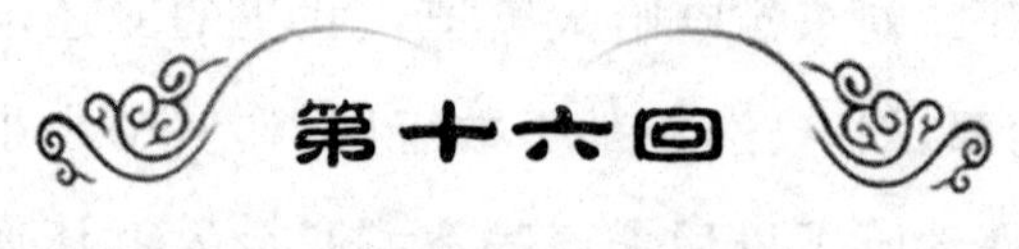

第十六回

借圣旨祸害海瑞
捧敕玺计平南交

话说刘东雄被海瑞斩杀之后，严嵩一直怀恨在心。这年，南方的交趾国叛乱，交趾国王自称交趾大帝，派大将瑚元领兵五万，攻打广东西边的南宁关。南宁关里只有八百多人把守，守将见数万敌人气势汹汹地过来，不敢出战，只得下令兵马坚守关隘，快马向指挥使马湘江求援，马湘江收到求援文书以后，见敌人如此众多，就急忙向朝廷告急。

这告急文书先送到了严嵩那里，严嵩看了以后，奸诈地想：这次海瑞可要死在我的手上了。于是严嵩连夜给皇上写奏章说："微臣刚刚收到粤西指挥使马湘江的告急文书，文书上说交趾王造反称帝，派五万大兵攻打南宁关，南宁兵少将寡，守军不敢出战，只得向粤西指挥使求援。粤西指挥使见形势紧急就向朝廷告急。微臣以为交趾是西南边陲的小国，远离中原难以征讨，应该派人去招抚他。如果陛下能派一个熟悉西南地方情况并且能言善辩的大臣前去交趾国，对交趾王晓以厉害，再赏赐给他一些东西，交趾藩国就会臣服。微臣查到历城县知县海瑞是海南人，海南临近交趾，比较熟悉交趾的风俗人情。如果派海瑞前往，一定能招抚交趾。不知皇上意下如何?”

皇上看完严嵩的奏章,觉得有道理,就下旨任命海瑞为兵部侍郎,携带宝物前去交趾招抚。海瑞接到圣旨以后,安顿好家人就带着海安赶往广东。海瑞一路上对地方秋毫无犯,路过州县的时候,都是自己准备吃的用的,不向地方官索取任何东西。

海瑞到了广东一刻也没停留,由水路赶往南宁。海瑞到了南宁,当地的官员立刻前来迎接。海瑞先到驿站里放下随身携带的行李,就立即到有司衙门去询问军情。太守说:“前个月交趾王朱臣派大将瑚元领兵五万攻打南宁,南宁城只有几百个士兵,难以抵挡,只好向指挥使求援。谁知那指挥使害怕敌军,只让附近兵营的士兵和城中百姓一起守城,如今南宁已经被围困几个月了,城里断了木柴,民怨四起。如果再这样下去,南宁就危在旦夕了。大人远道而来,不知有什么计策没有?”海瑞说:“敌兵是一群乌合之众,他们远道而来,粮草肯定匮乏,如果我们长时间不和他们打仗,时间一长他们的粮草就会耗完,那时我们再乘势出击就可以大获全胜。然后我再趁机宣旨招抚,到时他们就会感恩并归顺朝廷。”太守听完点头称是,海瑞就在南宁住下了。

那指挥使听说钦差到了,就连忙赶到南宁和海瑞相见,问海瑞皇上有什么旨意。海瑞说:“皇上认为交趾远离中原,征讨比较困难,应该以安抚为主。”然后两人就商量怎么招抚交趾王。海瑞认为皇上虽然说招抚,但是现在叛军气势正盛,不宜立即去招抚,应该先打败他,挫挫他们的锐气再去招抚。现在主要的是安定南宁的军心和民心,他让指挥使从临近的地方调来木柴供城内百姓使用,再调集附近兵营的精兵加强防御,等待有利时机,击败敌军。

指挥使就遵照海瑞的吩咐,命令各营将佐带领精兵前去南宁关加强防御。

话说敌将瑚元率兵五万围困南宁关以后,城中的明军只是加强防御,闭门不战。瑚元心想我军远道而来,粮草缺乏,如果长期僵持下去对我军不利,但是明军城防坚固又闭门不出,自己现在也无可奈何。他越想越着急,就召集手下的将领商量对策。这时,瑚元手下的一个将领献计说:“我军到来以后明军就一直闭门不战,元帅现在可以给明军写一封战书羞辱他们,明军受辱之后肯定会出战,到时我们就可以一鼓作气消灭他们。”瑚元听了以后觉得有理,就立刻让人写了一封战书,派人送到守关将士那里。

守关的将士接到战书以后,立刻送到粤西指挥使那里。指挥使打开战书,只见上面写着:南交趾国统兵大元帅瑚元送书给大明朝将领:我奉我国国王之命,率领五万大军到这里,想一睹大国之风,和将军决一雌雄,如今我到这里已经几个月了将军却闭门不出,是不是怕了我军?如果将军害怕了,就早日投降,我保证将军荣华富贵,如果不怕,就请出城和我一战。指挥使看了战书勃然大怒,想要出城和叛军一战,于是就拿着战书找海瑞。

海瑞接过战书仔细地看了一下说:“指挥使大人是否知道藩人写这封战书的意图是什么?”指挥使说:“敌人看我军

一直不出战,心中着急,想用这封战书激我出战。”海瑞听了以后笑着说:“指挥使大人对敌情真是了如指掌,不知大人有何良策应对?”指挥使说:“莫非大人心中已经有了应对的计策?请大人赐教。”海瑞说道:“为今之计,大人给敌军元帅写一封回信,由我扮成送信的军士到敌营中探听虚实,只要找出敌人的弱点,我们就可以进军了。”指挥使不同意海瑞前去,海瑞说:“我命系于天,生死自有定数,大人何必担心?大人赶紧修书一封让我带去。”

指挥使当即回了一封信,信中把交趾王和大将瑚元大骂了一番,并令他们一个月之内退回国内,否则将派兵剿灭他们,写完盖了印信交给海瑞。海瑞拿到信以后换了士兵的衣服,让人在腰上系了绳子由城墙上放下。海瑞刚到城外,就被敌人巡逻的士兵发现了。

海瑞说:“我是大明元帅手下的小兵,奉了我家元帅的命令送信给你家元帅,请你带我去见你家元帅。”那小兵看了海瑞一眼,心想:明朝的士兵这么瘦弱,难怪他们不敢出战呢。就没把海瑞放在心上,那小兵带着海瑞来到营前,看天还没亮就说:“现在时间还早,你先在这里等候,等三更鼓敲了,我再去给你通报。”

海瑞拿出一锭银子,送给那小兵说:“我是刚从外地调到这里来当兵的,没见过关外的风景,现在时间还早,麻烦小哥带我四处走走,欣赏一下这里的风景吧。”那小兵拿了银子说:“你现在穿着明军的衣服四处走动很不方便,我给你换上我们的衣服。”说完拿了一件军服给海瑞换上,然后就带着海瑞到各处营寨去看看。每到一处这小兵都细细地给海瑞说这是什么,那是什么,还不忘自夸一下藩国的军队是多么的神勇,海瑞也不忘奉承一番,两人聊得十分开心,海瑞趁机把敌营各寨的情况都记在了心中。最后敌方小兵问海瑞,还有没有想看的地方。海瑞说:“你们的营寨我都看了,的确很威风,但是你们好像没有什么粮草,我们将帅说了你们粮草如果充足的话,我们只有认输了。”小兵说:“一看就知道你没打过仗,打仗的粮草哪有随身携带的呢?我们的粮草都是从贵州偷运到附近的东京口存放的。”

这时天已经亮了,小兵带着海瑞回到大寨,给海瑞换上原来的军服,领他去见主帅。海瑞见了敌帅便呈上书信,瑚元看完信后勃然大怒,将书信撕得粉碎,然后下令准备攻城。海瑞见敌军主帅大怒,就假装害怕,一路跑回了南宁关。

海瑞进城以后将在敌营中所见的情况说给指挥使听,并说敌军已经准备攻城,让他做好防御。指挥使听说敌军要攻城心中有些害怕,就说道:“现在我们的各路援军都还没有到达,如何防御呢?”

海瑞说:“敌军是一群乌合之众,他们的将领有勇无谋。我方城墙坚固,如果我们坚守不出,消磨他们的锐气,等他们疲惫的时候再在城墙上居高临下用大炮打他们,他们肯定会败走。然后再想办法趁机烧他们的粮草,让他们军心大乱,到时我们再趁乱出击,就可取胜。”指挥使听了以后,心中大喜,就下令士兵按照海瑞的计划去准备。

第二天天刚亮,城上士兵就看到敌军由远处杀来,海瑞命令守城的士兵偃旗息鼓，都躲在城上不许出声。叛军来到城下看见城上既没有士兵也没有旗帜，心中十分诧异连忙报告先锋大将乌尔坤，乌尔坤到城下看了以后，以为是明军的疑兵之计，就下令停止攻城，让士兵大声叫喊，同时用大炮轰击城墙，但是这样弄了半天也没见到一个人。这时瑚元率领的大队人马也到了，瑚元听完前队的报告，下令全体士兵下马，脱了上衣辱骂明军，逼他们出战，但城上的明军就是不应。

到了下午，城外的藩兵渐渐松懈下来，有的士兵竟然脱光衣服坐在地上乘凉。海瑞看时机已到，就命令士兵开始攻击。只听号炮一响，三军将士一起突然站出来，在城墙上用火炮、灰瓶向敌军发起攻击。那些叛军本来正在得意地骂着明军，忽然看见火炮、灰瓶打下来，一时不知如何是好，抵挡不住，只好四下逃窜，霎时间藩兵被炮火击伤无数。这时海瑞命令城上的士兵摇旗大声呐喊，叛军以为明军要杀出城来，都拼命往回跑，前队和后队人马撞在了一起，顿时自相践踏起来，又死伤无数。瑚元看见这种情况只得撤军，退后十里扎营。查点兵马损失了五千多，瑚元心想：明军诡计多端，看来以后我要小心出战了。这时，忽然有人禀报说军中只剩下五天的粮草了，瑚元听了心中大惊，立刻命令大将乜先大带着令箭去沿途各路催促粮草快点运过来。

话说海瑞怕敌军再来，就带着士兵在南宁城外驻守。这天城中有人来报说，粤西指挥使所调的援军已经到齐，正在城中等候命令。海瑞命令城中的援军全部到城外驻扎，然后命令骁骑将军额附庞靖带领一千士兵带上硫磺、磷硝等物到东京口去埋伏，看到敌军粮草上岸，立刻烧毁。庞靖领命前往。

三天以后，叛军营中的粮食几乎用完，各营将领都来报告瑚元说："营中粮尽，如果再没有军粮补充的话，士兵可能要叛逃。"瑚元心想，几天前已经命令乜先大前去催粮，怎么到现在还没有消息呢，莫非是途中出了什么问题？正在这时，忽然有人报告说："乜先大奉命率部催粮，半路上被明军杀害了，明军夺了乜先大的令箭来到东京口候命，等粮食一上岸就拉到野外烧了。"瑚元听了以后，大叫道："真是老天要灭掉我啊！民以食为天，军中的粮食已经用完，现在补给的粮食也被明军给烧了，这可怎么办呢？"瑚元的一个幕僚说："如今我军粮草耗尽，不如暂时退兵再做打算。"瑚元无可奈何只得下令退兵。

话说海瑞正在寨中和将领们商量退敌的事情，忽然庞靖回来报告说已经烧了敌军的粮草。海瑞听了，心中十分高兴，立即为庞靖请功。这时有探子来报说敌军因为粮尽准备退兵。海瑞说："现在我可以去招抚敌军了。"众将听了说："现在敌军战败，我们应该乘胜出击，大人为何要去招抚呢？"

海瑞说："我们用兵只能击退他们，不能让他们心服。如果不能让他们心服，过几年他们又会打过来，现在前去招抚，他们心服，就可以永保边境的太平了。"说完海瑞带人押着御赐的宝物赶往敌营。海瑞等人来到敌营附近的时候，已经是深夜了，海瑞命令大队人马押着宝物在离敌营一里外扎营，让海安去通知瑚元前来接旨。

海安来到敌营,见了瑚元说海瑞奉了皇上的命令前来安抚交趾王,并有宝物和赏赐。瑚元听了以后心想:自己现在虽然战败了,如果能受到天朝的安抚和赏赐也算挣回了面子。就对海安说:“你先回去,本帅随后就去迎接。”说完就命人送走海安,然后吩咐军士摆队迎接。海瑞进了大营以后,宣读完圣旨,送上皇上御赐的宝物,然后说:“你如今接了圣旨,归顺了天朝,就应该班师回去守卫疆土,与天朝世代交好。”瑚元说:“大人放心,交趾不会再造反了。”这时天已经亮了,海瑞返回南宁时,瑚元送了十多里才上马返回,送走海瑞以后,瑚元就立刻传令班师回藩国。海瑞等瑚元班师以后,才离开南宁回京复命。

话说严嵩设计调走海瑞以后,就认为海瑞这回肯定会死于乱兵之下。于是就开始谋划着除掉皇后和太子,只是一时之间不知道如何下手。这一天严嵩和赵文华、张居正等商量如何除掉太子的事情时,赵文华献了一条计策。要知赵文华献出的是什么计策,皇后、太子命运如何,且听下回分解。

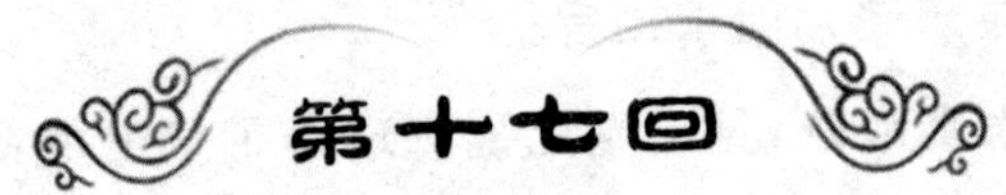

第十七回

买刺客奸相毒谋 疑案情海瑞上奏

话说严嵩调走海瑞以后，就一直在预谋着除掉皇后和太子，只是一时之间不知道如何下手。这天严嵩找来赵文华等人商量这件事，赵文华献计说："太师可以找一个刺客带到宫中，找机会让他刺杀皇上，皇宫之中侍卫很多，到时他肯定会被捉住。那时就让他说是受皇后和太子指使来刺杀皇上的，皇上听了以后肯定会很生气，就会让三法司审理这件案子，到时皇后与太子就是插翅也难飞了。"

严嵩听了说："这个办法不错，但是刺客到哪里找呢？"张居正说："我府上有一个叫陈春的人，胆大勇猛，跟随了我十几年，我对他很好，他经常说要以死来报答我，如果我们现在让他去做这件事，还对他说保他不会死，我想他肯定会答应的。"严嵩听了以后十分高兴，几个人就这样定下了毒计谋害皇后和太子。

因为严嵩深受皇上的宠爱又是皇亲国戚，皇上特别恩准他入宫时可以带上几个家人。这天陈春怀揣利刃，装扮成严嵩的家人，跟着严嵩进了皇宫。严嵩进宫以后陪着皇上喝酒下棋，一直到天黑才从皇上那里离开。严嵩从皇上那里离开以后，趁着夜色把陈春带到皇上上朝要走的御道边上的一个地方藏起来，让他在第二天皇上上朝时刺杀皇上。

那天晚上皇上在皇后的昭阳宫休息，五更时皇后服侍皇上起床洗脸、穿衣，然后皇上在太监和侍卫的簇拥之下离开昭阳宫去上早朝。皇上的仪仗刚走上御道，陈春就看到了，在仪仗到达陈春旁边时，他立刻持刀冲出去，谁知刚冲出就被侍卫给拿下了。这时陈春故意大声喊道："谋事在人，成事在天，现在事没办成乃是天意啊！皇后娘娘、太子爷快来救我。"皇上在銮舆里听得真真切切，见有人要刺杀他，大吃一惊，立刻退回内宫。回宫以后，侍卫就将陈春行刺的事详细地说了一遍。

皇上听了侍卫的奏言以后，心想：太子向来忠厚仁慈，未必会做出这种大逆不道的事情，况且他现在的年龄还很小，又没有兄弟和他争位，他没有必要刺杀我。皇后现在已经是后宫之主，在京城之中也没什么亲戚，她也没有必要找人刺杀我。皇上觉得这件事情中间有蹊跷，于是就命令把刺客收押，让严嵩和三法司一起来审理这件案子。侍卫们得了皇上的旨意，就把陈春送到廷尉衙门收押，等候三法司的提审。

严嵩接到皇上的旨意以后，故意装作很震惊的样子，连连询问皇上有没有受伤。接着连忙坐轿赶往三法司衙门。严嵩到了三法司衙门那里，三法司：刑部尚书赵文华，太常寺正卿张居正，兵部给事中都察院监察御史胡正道，早已经在衙门外等候。严嵩与三位大人说了几句之后，就和他们一起进入大堂开始问案。

升堂以后，陈春就被带到堂下跪着。严嵩看陈春上堂，就问道："你叫什么名字？是哪里人氏？为什么要刺杀皇上？"陈春说："小的叫陈春，是山东青州人氏。本是来京城做生意的，后来做生意赔了本，就在街上卖艺为生。那天宫里的冯公公见小的长得魁梧，就喊小的到酒楼里喝酒。后来他知道我做生意赔了本钱，就送我一百两银子在街上找了一家客店住下，以后还经常给我送很多吃的玩的东西。就这样来往了半年多，上个月冯公公问小的，想不想做官？小的说，这世上的人没有一个不想做官的。他就说只要我帮太子刺杀皇上，太子就会给我大官做。小的开始是不同意的，后来他担保说出了事自有他和太子承担，我就同意了。后来太子和皇后娘娘也召见了小的，太子许诺事成之后给小的一个将军做，娘娘又赐给小的黄金、珍珠、翡翠等物。小的是一时迷了心窍，才敢去刺杀皇上，请大人开恩。"

严嵩听了假装生气说："天下人都知道皇后温柔贤淑，太子仁慈孝顺，他们怎么会让你去刺杀皇上呢？你不仅刺杀皇上，还借机陷害皇后、太子，真是罪大恶极。快说，是什么人指使你这样做的，赶快从实招来，否则大刑伺候！"

陈春望着严嵩说："小的说的都是实话，请大人明察。"赵文华在一旁插嘴说："不肯招就用重刑，来人，先把他重打四十大板，看他招不招。"说完众衙役把陈春按倒在地，拿着大板子就开打了，五板之后，陈春就不能叫喊了，打到四十板之后，陈春就已不省人事。严嵩看了以后说："犯人已经昏死过去了，我们以后再审吧。"说完立刻宣布退堂，各自散去。

第二天，严嵩想了想，心中感到不安，就召赵文华和张居正过府商议。严嵩说："虽然陈春已经招认了，但是我们没有什么证据证明是皇后和太子指使他做的。如果到时有人细究起来该怎么办呢？"张居正说："这个好办，我今天晚上到狱中杀他灭口不就可以了吗？"严嵩听了觉得这个办法很好，三个人就商量着怎样杀陈春灭口。张居正回到家以后，吩咐家人做了一桌酒席，将毒药掺在酒菜里，然后让人把酒席抬到刑部大牢送给陈春，陈春听说是张居正送给他的东西，就大口大口地吃了起来，谁知还没有吃完就送命了。

再说冯保听说刺客的事以后，就急急忙忙地跑到张皇后那里，他边跑边喊："娘娘出事了，娘娘出大事了！"张皇后听到他这样大喊大叫，心中十分奇怪，急忙问道："出什么事了？你快说出来。"冯保说："今天早上，皇上刚走出昭阳宫就遇到刺客了，这刺客当场被侍卫抓住。据说这刺客叫陈春，是山东青州人氏。他自称是咱家的老朋友，受了娘娘和太子的指使进宫来刺杀皇上的。现在正在三法司受审，奴才见情势十分危急，特来禀告娘娘。"

张皇后听了以后，吓得魂不附体，顿时哭泣道："是什么人这么狠毒，要害我们母子？"冯保说："娘娘先不要伤心，奴才觉得，为今之计只有请娘娘赶紧领着太子去和皇上说明白，只有这样才有转机。"张皇后听了冯保的话点头称是，就立刻命人到青宫去请太子。

太子听说母后急召，连忙赶往昭阳宫。张皇后看到太子到来就问道："皇儿可知道，咱们要大祸临头了？"

图七　张皇后惊慌失措

太子听了，心中十分奇怪，就问："母后为什么这样说呢？是不是出了什么事？"张皇后听了以后，生气地说道："我儿就知道在青宫里一味读书，其他的事一点都不操心，出了这么大的事，你这个当太子的居然一点都不知道。"说着便把冯保告诉她的事说给了太子听，太子听了以后惊得魂飞魄散，母子两个抱在一起哭了起来。冯保在旁边赶紧提醒道："娘娘、殿下，先不要伤心，现在应该从长计议。奴才以为现在只有太子和娘娘到皇上那里说明情况，事情才有转机。"张皇后听了以后觉得有理，就带着太子去见皇上。

这时皇上正一个人在焚椒阁里坐着，张皇后母子进阁见了皇上，就跪在地上哭泣，皇上让他们母子平身后说道："什么事情让皇后和皇儿这么伤心呢？"张皇后说："臣妾母子受人诬陷，犯下死罪，特来皇上面前说明清白，请皇上明察。"皇上说："皇后是朕的妻子，皇儿是储君，朕怎么能不相信你们呢？朕知道你们说的是陈春的事，朕不会因为一个刺客信口所说的几句话就认为你们有罪。只是陈春口口声声说他和冯保交好，我不能不派三法司去查清楚是怎么回事，你们先回宫，朕自有处置。"太子山呼谢恩退下，张皇后心里十分不安，冯保也惶恐不安。

皇上心想：看眼下的情形，这件事应该与太子和皇后无关。但是如果没有人作内应，这陈春是怎么进宫的呢？皇上越想越觉得有问题，就召严嵩过来询问陈春的审讯结果。严嵩奏道："因为牵涉到皇后和太子，微臣一直在小心审问，现在还没有找到证据。陈春还在刑部狱中押着等候审问。"皇上说:“虽然陈春行刺朕证据确凿,但是这件事牵涉到后宫,朕的家人和父子之间,岂能做出这种骨肉相残的事情!卿家必须快点查出陈春的主使是谁。”严嵩说道:“微臣也想快点破案,只是在审问时赵文华说陈春是一个老百姓,如果没有后宫的人作内应,就不可能进入后宫。因此,对陈春用了重刑,陈春受刑以后不省人事,所以臣等只好暂缓审讯。”皇上说:“你们要仔细审讯,不能让人用这个借口来诽谤后宫。”

严嵩听了以后领旨离开了皇宫,心中闷闷不乐,他知道皇上现在不相信陈春是受皇后和太子的指使,他怕这件事一旦暴露,自己不仅得不到好处,说不定还要搭上身家性命。严嵩回到家中,有家人报告说陈春已经死在牢中了,严嵩听了以后放心了不少。当下暗想:现在陈春已经死了,以后无论怎么查也查不到老夫身上了。

再说海瑞平定了南交以后,和指挥使交代了一些善后的事宜,就起身回京复命了。回到京城,海瑞先到丞相府报到销差,然后就进宫去拜见皇上。皇上见到海瑞很高兴,就问了他这次平定南交的经过,海瑞就将自己如何和指挥使商量计策,如何假扮军士刺探敌情以及如何设计烧掉敌军粮草,如何宣旨招抚的事情说给了皇上听。皇上听了大喜,命人在大殿上赐酒犒劳海瑞,立即任命海瑞为都察御史。海瑞谢恩退朝,不久就去上任处理事务。

这时,和严嵩狼狈为奸的张居正、赵文华等一帮人,听说海瑞突然被封为都察御史,心中十分不安。京城里的官员当中,都察御史是最让人害怕的,三天一奏,向皇上陈述各种利弊，不论官员大小，甚至是皇亲国戚，只要有谁敢作奸犯科，都察御史都可以上奏弹劾。现在是耿直的海瑞出任为都察御史，严嵩一伙人自然心里不踏实了。

海瑞上任以后，看到宫里行刺这件案子，心里正在怀疑案情的时候，和海瑞在同一个衙门的胡正道进来了。胡正道看见海瑞在看卷宗，就把陈春行刺皇上的具体情节说给了海瑞听。海瑞听了以后立刻说道："这肯定是奸贼干的好事！皇上是怎么处理这件事的？"胡正道说："皇上也觉得陈春行凶这件事情无凭无据，只是现在陈春已经死在了狱中，死无对证，皇上没有办法只有草草了事，不再提他了。"海瑞听了以后，大怒道："岂有此理！这件事情如果不严加查处的话，只怕将来会后患无穷的。"

第二天，海瑞就写了一本奏章给皇上。皇上接过来一看，只见上面写道：微臣听说前不久有一个叫陈春的人藏在后宫伺机刺杀皇上，当场被侍卫擒拿。陈春在被捉时大喊"皇后娘娘、太子爷快来救我"等话。皇上立即下旨让三法司和太师严嵩一起来审理这件案子，可是不料第二天陈春就突然死在狱中。微臣觉得陈春暴死，情况十分可疑，微臣查访了当时的情况，陈春在被捉时并没有被用刑，在三法司会审时，也只是被打了四十大板，更何况陈春又不是带病受刑，怎么会突然死了呢？微臣心里非常疑惑。现在陈春已经死了，那么这个案子便永远没有翻案的机会了。可是奸邪小人设的这个毒计，既牵连了后宫，又祸害了太子，这和弑君又有什么区别？有人想通过杀人灭口好让这个案子永远没有翻案的机会，让皇后、太子的冤屈永远得不到昭雪。皇上怎么能因为陈春已经死了，就把这个案子搁置不理，使事态不明，冤屈骨肉？恳请皇上把这个案件全部交给微臣重新审查，微臣一定要把这件案子查个水落石出，以正国法。

欲知皇上看完奏章以后，有没有将这个案子交给海瑞审理，皇后、太子能否沉冤得雪，且听下回分解。

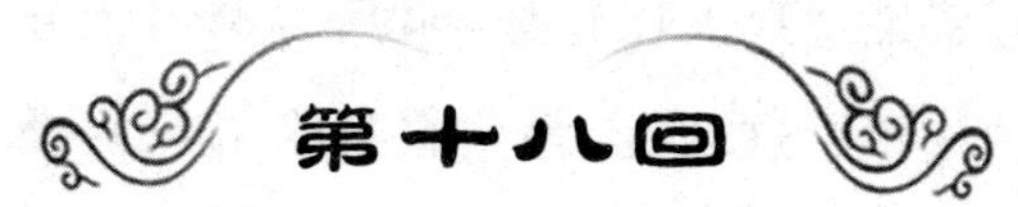

第十八回

惊圣旨奸相离间 收刺客安南催贡

话说皇上看过海瑞的奏章以后，觉得海瑞说得十分有理，就下旨让海瑞重新审理陈春行刺这件案子。圣旨一下，严嵩吓了一跳，连忙请赵文华、张居正过来商量对策。三人商量以后认为千万不能让海瑞接手这个案子，海瑞办案一向精密，无头案也能找到下手的地方，他要是一再细究陈春的死因，早晚有一天会把案情弄个水落石出，到时候他们就败露了。于是严嵩命令赶紧想办法找个差事把海瑞调离京城，三个奸贼开始苦思冥想。

这时张居正突然说道："有了，有了。藩国每年都要送贡品到京城，但是安南国已经三年没有朝贡了，太师可以奏请皇上让海瑞到安南去催贡。"严嵩听了以后心中大喜，连夜进宫去见皇上。皇上问严嵩，大半夜跑进宫有什么急事？严嵩赶紧奏道："微臣刚刚听人说安南国在边境纠结重兵，准备造反。边境的老百姓都已经流离失所了。以微臣之见，如果安南国造反，它必定会联合周边的藩国一起，这样两广之地可能就保不住了。"皇上心里奇怪："爱卿说安南要造反，朕怎么没有收到急报呢？"

严嵩赶紧说:“敌人比较诡诈,兵力调动十分隐秘,而且两广和京城又相距这么远,等边报过来的时候,安南国早已经造反了。另外安南国已经三年没有向我们朝贡了,如果皇上派一个能说会道的大臣以催贡的名义到安南去招抚,那么就可以避免这场祸事了。”皇上信以为真,就问道:“爱卿认为派谁去合适呢?”严嵩于是说道:“上次交趾国叛乱都察御史海瑞前往,动之以情,晓之以理,一下子就收复了交趾,臣以为这次还派海瑞前往比较妥当。”皇上不忍,就说道:“海瑞前去交趾办差事刚刚回京,还没有好好休息,立刻差他前往,未免太过奔波劳累了!”严嵩赶紧说:“海瑞一向很有名望,为藩人所敬仰,如果皇上派别人去了,怕未必奏效啊!”皇上只好准奏,加封海瑞为兵部侍郎,并赐以一品仪从,让他前去安南催贡招抚。严嵩大喜。

海瑞正要升堂办案,忽然接到圣旨,心里很不高兴但也无可奈何,只得谢恩领命。收拾了行李之后,便带着海安赶往广东。海瑞走了以后,严嵩心想:这海蛮子三番两次与自己作对,这次他离开京城绝对不能让他再回来,一定要斩草除根。严嵩想到这里,转身就去找张居正商量,张居正手下有一个仆人叫沈充,这个人生来勇猛,并且喜欢杀人。于是二人便派沈充一路追过去,许诺沈充只要能将海瑞主仆二人结果在路上,回来重重有赏。

话说海瑞走过卢沟桥的时候,看到桥头有一座关帝庙,就到庙里面烧香,求得一路的平安。海瑞烧完香以后,求了一支平安签,签上说海瑞这一路上会有灾难,会有惊有喜,在野林投宿的时候可能会有刺客袭击，还有一些参解不透的禅语。海瑞看了看签上面的话，没有想太多就继续赶路了。

海瑞一路上走着，都在为没能够彻底调查陈春行刺一案而遗憾。这一天，海瑞在天黑之前走到一个野林店边，就和海安进店里住下了。忽然海瑞想起了签中说的“野林防暴客”等话，暗想今晚投宿的正好是野林店面，莫非今天夜里会有什么凶险发生吗？吃过晚饭，海瑞还在猜疑，想着关帝爷的话不能不信，心里有些发慌。又想：暴客不是仇人就是强盗，我海瑞一生没有和谁结仇，只怕是有人偷行李，于是就把圣旨藏好。悄悄吩咐海安夜里躲在门后，小心提防。

再说沈充领命之后，怀揣匕首，一路飞奔，到了野林地方，远远看见海瑞到客店歇息，就也跟着进去，在海瑞的隔壁找了个房间住下。这沈充直等到二更，店里的客人都睡熟以后，才换上紧身皂衣，蹑手蹑脚来到海瑞房前窥探。不料海瑞在里面一首接一首地吟诗，沈充在外面焦躁地等，过了一会儿，里面传来哈欠声，又过了一会儿，只听帐内鼾声如雷。沈充便大着胆子，轻轻撬开房门进去了，海安在门后，一把将沈充双手反扭住，大叫道：“抓住了！抓住了！”海瑞立刻从帐子里跳出来，来帮海安。那沈充挣扎半天，做梦也想不到那海安是绿林好汉出身，双手稍一用力，沈充不但不能动弹，胳膊差点被他扭断。海瑞叫海安先别松手，他去找麻绳来绑了。沈充见情况不妙，想要摸出匕首刺海安，被海安一击，刀就掉到了地上。沈充见逃脱不了，只好哀求道：“不用绑了，你们已经捉住我了，我跑不了了。”海瑞上前把门闩死，又用一张交椅顶住，自己坐上去，然后叫海安松手。海安又搜了他全身，见没有其他凶器，就用脚将匕首踢过来踩着，这才松手。沈充手无寸铁，想是插翅难飞，就跪下来哀求道："小人有眼不识泰山，求大人网开一面，饶了小的这回，小的生生世世感恩戴德！"海瑞骂道："我以为你是迫于饥寒来图钱财，没想到你是来行刺钦差大臣的！是谁指使你来的？趁早招了，否则不仅是死罪，而且要株连九族！你好好想想，等后悔就晚了。"

沈充胆战心惊，连忙磕头说道："小的是张居正府里的家奴，家主命小的怀揣匕首追上大人，取大人首级回去领赏。现在被大人抓住，小的罪该万死，恳请大人看在小的是身不由己，被逼行事，法外开恩啊！"海瑞看他言辞真切，就问："你说的话，可是真的？"沈充说道："小的所说句句属实，不敢有假。"海瑞想了想，移开椅子，把房门打开，对他说："你身为家奴，也是奉命行事罢了。我饶过你这一回，你走吧！只是，你行刺不成，怎么回去见你家主人？他没有见到首级，肯定饶不了你，你还要回去吗？"沈充听了，不觉双膝跪下，哀求道："小的蒙大人不杀之恩，无以为报，甘愿在大人跟前，做牛做马伺候大人，求大人收留小的吧！"海瑞说道："我现在要往安南催贡，一路艰辛，怎么好带累你？这样吧，你先留在这家客店，等我回来再做打算。"

沈充一听海瑞去的是安南，顿时高兴得手舞足蹈起来，立刻请命道："大人要往安南，小的最熟悉安南的路！请大人带小的一起去吧！"海瑞惊奇道："你怎么会熟悉那里的路？"

沈充说道:“小的从小便跟父亲去安南贸易。那安南国的国王叫黎梦龙,原来是广东东莞人氏。他父亲叫黎森,在安南贸易的时候,有一回正好赶上安南郑王唯一的公主搭起彩楼选驸马。公主一眼相中了黎森,就把绣球打了下来。那藩王见黎森生的好相貌,就立即封为驸马,与公主拜堂成亲。第二年公主就生下了黎梦龙,郑王在这年不幸病死。郑王没有儿子,于是那些藩人就改立驸马黎森为国主。黎森不忍心改易郑王的宗社,就自称是郑王之后,在位五年也死了。幸好有大司马候光宗,忠心爱国,拥着六岁的黎梦龙即位,取国号是郑黎氏,自号郑继王。小的是亲眼看见这些事的,现在那黎梦龙应该有十七八岁了。后来小的父亲死在了安南,小的没人约束,任意花销,最后身无分文,病倒在大街上。正好赶上继王出宫郊天,回来的时候,看见了小的,动了恻隐之心,就把小的带回去养病,半年才好。继王又格外开恩,赏小的为禁中军士,因此在宫里待了六年。后来小的想把父亲灵柩运回,继王夸奖小的有孝心,就赐给小的银子、船只,让小的回来了。小的不会营生,回来之后,渐渐把银子用光了,又流落街头,多亏张居正老爷收留。小的不仅熟悉那里的路,还可以代为大人致意,以报大人的恩德!”

海瑞见他说得有头有尾,就笑着说:“你本来是个孝子,怎么会投在奸贼府里,干这种悖逆天理的事情?你现在愿意改邪归正,跟我一起去安南,最好不过。只是你将来不能再跟我回京了,那些奸贼岂能放过你?你好好想想,考虑好了再答应我。”沈充也想回到继王身边,于是磕头说:“小的可以对天发誓，绝对没有二心！”于是，海瑞放心将他收下。一路上，这沈充果然用心服侍，没有二话。

海瑞与海安、沈充二人一路兼程，直往安南方向去。一天，到达南宁，郡守指挥看见海瑞，非常惊讶，忙上前问安。海瑞就说这次前来是去安南催贡，指挥问道：“大人前一个远差刚办完没有几天，朝廷怎么能够再让大人舟车劳顿，出这样的远差？”海瑞笑道：“食君之禄，当为君分忧，不能贪图安逸。”说完就准备出关，指挥拦住，殷勤再三请海瑞歇息一宿，略备薄酒招待，海瑞见他情真意切，只得住下。第二天，指挥看海瑞只带了两个仆人出关，实在放心不下，立刻挑了一百名精兵护送。海瑞推辞不过，只好带了三十名跟随，那指挥又亲自送到关外十里，才依依不舍地目送海瑞一行人前行。

出关不远就到了安南地界，沈充让海瑞等人先在城外驻扎，他去里面通报一声。海瑞依言，嘱沈充快去快回。这沈充一进藩城，便直往皇宫大殿而去，沿门侍卫都认得他是继王的家奴，没有一个不向他致意问好。这天正好是十五望日，文武百官都来大殿上朝贺，因此到现在还没有退朝。沈充一直走到大殿上，直奔龙案，上前跪下说道：“奴才沈充叩见大王，大王千岁！”继王一看，一阵惊喜，赐沈充平身，起身问道：“沈充，你一去几年，还记得回来看看寡人吗？”沈充就把别后的遭遇说了一遍，接着说道：“小的自蒙兵部侍郎海大人收留之后，一直思念大王，恰好海大人奉旨前来催贡，小的就跟着回来，并特意提前进来请安。”继王问道：“什么海大人？现在哪里？”沈充说道：“天朝的官员，现任兵部侍郎，钦奉圣旨前来我国催贡。他现在郊外十里坡驻扎,特请大王前去迎接圣旨。这个海大人就和宋朝的包龙图一样人品,皇上十分器重,所以派他前来。”

继王说道:“孤王没有听过此人,不去接他,你代孤请他进来相见,孤王在大殿里等他就是。”沈充应诺,回头立刻飞奔见海瑞,将继王的话转述了一番。海瑞怒道:“梦龙什么人,胆敢违抗圣旨,不出郊迎接?”沈充赶紧劝道:“老爷息怒,暂且忍耐,到了那里,再和他硬碰硬,他喜欢老爷这样的人。”海瑞想了想,与众人飞马前行,昂然进城。

继王自沈充走后,便吩咐帐下武士,穿上铠甲,佩带宝剑,从殿上到阶下,站做两排。又在一只大鼎里面倒入滚油,下面烧着几十斤红炭,然后请海瑞入见。海瑞昂首挺胸,步履坚定,两旁武士个个手按剑鞘,怒目而视,海瑞一点也不害怕,只顾往里面走。到了继王面前,只作了一个揖,却并不下拜。继王问道:“刚峰见了孤王,为何不拜?”海瑞笑道:“难道没有听说过大国之臣不拜下邦之王吗?”继王又说:“你今天过来是要当刺客吗?你没有看见孤王的武士精壮吗?”海瑞哈哈大笑:“大王只知尚武,不知习文,不过十年安南子民就目不识丁了,那么国家不亡,还有机会幸存下去吗?”继王大怒:“我国文修武备,孤王略举一二,就能叫你哑口无言,你敢说孤王的国家没有人才?”

海瑞轻轻说道:“大王的文臣武将只能在这里吓唬愚民罢了,如果有大敌当前,怕是早已不战而逃了。海瑞不过一个使臣前来,大王就精选一百多壮士,设鼎以待,那么贵国的文修武备程度可想而知!”继王听了,不觉惭愧地走下殿来,谢罪道:“孤王有犯尊严,不要见怪。请先生上座。”海瑞于是说了来意,请继王早早准备贡物,他好回去复命。继王回道:“孤三年不贡,是另有打算的。现在先生身为天朝直臣,又不远千里而来,孤不能驳了你的面子。请先生在敝邦先住一段时间,孤王立刻饬令侍臣,准备贡物,写好告罪表,和先生一起回天朝请罪。”海瑞拜谢,继王派人赶制贡物不提。继王又劝说沈充在左右侍奉,沈充也有此意,于是就和海瑞说明,从此以后留在继王宫中。

海瑞在安南待了一个多月,贡物还没有收拾齐备,海瑞怕皇上担忧,于是写了一封奏折,派人星夜送回京城,不料奏折却被严嵩看到,大惊失色。欲知这奸贼又生起什么祸殃,且听下回分解。

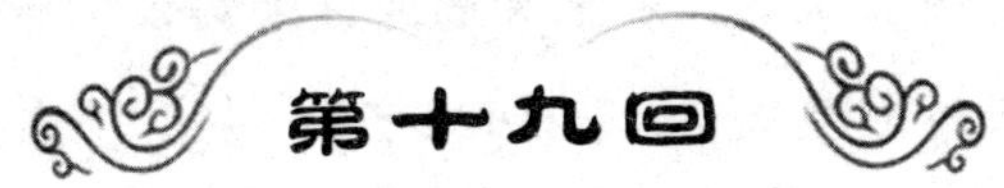

第十九回

奸相弄权调巡抚　海瑞孤身入匪窝

话说严嵩私自拆开海瑞的奏折，不看则已，一看吓了一跳，海瑞安然无恙地抵达安南，催办的贡物不日即能竣工，六月份就会护送贡物回朝。看完奏折，严嵩心里就七上八下了，堆了一肚子疑问：这派出去的沈充哪里去了，怎么没有刺杀海瑞呢？怎么就让海瑞到了安南，还把事情给办成了？这黎梦龙怎么这么听海瑞的话呢？如果沈充没有追上海瑞，畏罪潜逃了还好说。怕就怕沈充被海瑞这厮哄骗了，将来作为人证，跟他一起回奏皇上，那就麻烦了！这可如何是好？想到这里，严嵩坐不住了，赶紧派家人去张府请张居正前来商量对策。

张居正听说以后，急急忙忙来到相府。严嵩拉他进入内书房，说道："足下差沈充去行刺海瑞，至今没有消息。现在海瑞有本奏来，说安南藩国贡物已经准备好了，六月底启程，九月份就能回到京城。万一沈充跟着回来了，岂不是你我二人的祸事？"张居正一听，顿时跺脚道："不好！丞相思虑极是。这沈充从小跟随父亲去安南做生意，后来他父亲去世，他便流落在安南藩国。这藩王是广州东莞县人，念及乡情，就把他收为内府家奴。后来又赐他百余两银子做盘缠,好让他送父亲灵柩回乡安葬。他回来之后,生了场大病,盘缠用尽,最后流落到京城。在下看他身材魁梧,收他为奴。他又对去安南的路线熟悉,所以把这件事委托给他,谁料是这样结果!情况肯定如丞相所料!要不然,就凭海瑞一张嘴,如何能让藩王纳贡?这可怎么办呢?"

严嵩焦急道:"足下想一想,有什么妙计,阻止海瑞不回京城?"张居正又是闭目沉思,又是抓耳挠腮,想了半天,最后一拍巴掌道:"有了!摆平这件事,只需要丞相一纸奏折。"严嵩道:"只要他不回京,写一个奏折算什么!快快请讲。"张居正笑道:"将计就计,目前湖南一带,土匪横行,治安甚乱,官府也没有办法整治。丞相明天可将海瑞此本奏上,并趁机上陈湖广一带局势,非海瑞前去治理不可。安南的贡物可以不用海瑞督解进京,湖广事态紧急,令海瑞前往三楚镇抚。如果皇上准奏,丞相可立刻派兵部官员前去拦住海瑞。只要海瑞不进京,沈充之事再慢慢打听。请丞相考虑一下。"

严嵩听完,大喜道:"真是妙计!就依你所想。"说完,就开始写奏折,写完递给张居正。只见上面写道:臣严嵩谨奏,奉旨钦差安南使臣海瑞回奏,称该藩国敬服天恩,稽首服罪,贡物业已置办,不日即可押解回京……另外,湖广一带,匪类层出,多三五成群,七九结党,凌辱乡民,地方官司法不严,以至于匪类如蝗,愈聚愈多,势难扑灭。近年来,旱涝灾害时有发生,如果不加肃清,势必更加嚣张,危害百姓。臣不敢隐瞒,伏乞皇上早日选派贤才,前往镇抚,则地方百姓有福,苍生之大幸也。张居正读完，连声赞道："文不加点，洞察利弊，好文章！皇上一看，定会准奏。等海瑞到了湖广，太师给全省官员发封书信，找机会就参奏海瑞一本，这样一来，你我的祸根就会彻底了断。"

果然，皇上看完奏折，喜道："海瑞不辱君命，回朝之后，朕定会格外重用。丞相所言湖广之事，不知派谁前去合适？丞相如有合适人选，说与朕知道。"严嵩奏道："皇上，安南钦差天使可以胜任。"皇上说道："海侍郎品望才智有余，只是他现在安南催贡，还没有回来，如何使得？"严嵩道："可是地方情势严峻，如不及时整治，臣怕酿成大患！海瑞称贡物已经完工，不日即可启程。恳请皇上以地方百姓为重，下旨令海瑞改道速往荆楚镇抚，不必回京。贡物则交有司地方官护送督解，即可两全。"皇上准奏，立刻下旨改派海瑞，着八百里加急前去。严嵩退朝到兵部遴选差官接应，这才放心地回府了。

且说海瑞在安南，有沈充在里面照应，时常向藩王催贡竣工，好早日回京复命。沈充又不时地假传王旨，各处工场不敢延迟，不分日夜地赶工，所以不到三个月就完工了。当下安南王将金树玉树盆景、混天球等贡物一一点验完毕，写好清单，装潢封志，又修了告悔乞罪表，一并交与海瑞。摆宴辞行之后，安南王又差御前丞相何坤、都督元成，带兵护送。海瑞与沈充道别之后，领着一行人，押着贡物，往内地进发。刚到桂林，便碰到了接应的兵部差官，展读了圣旨。海瑞接旨谢恩，对差官点明了贡物，然后带着海安，一路走访民情，往湖广而行。

再说湖广又叫三楚，界连贵粤，地方辽阔，依山环水。这里民风粗犷凶悍，一些没有家业的人，也不谋生计，整天游手好闲，恃强凌弱。民间俗好结会联盟，那些不善匪类党伙，常常仗人多势众，鱼肉百姓。匪徒又和官府衙役勾结，衙门中有什么消息，衙役便飞速来报，等官差出动时，众匪徒早已逃之夭夭。如此之后，匪徒们更是打家劫舍，肆无忌惮。当地官府于是束手无策。

当时衡州有一伙匪徒，为首的叫周大章，此人生得魁梧，两臂力大无比，传说有千斤之力，性子烈如猛火。他父亲原来是商人，留下万贯家财。母亲余氏，还有一个妹妹，名叫兰香，生得貌美如花，聪明伶俐。自从周大章父亲去世之后，周大章便无心生意。开始的时候，还有几分畏惧老母和左邻右舍，在家里装模作样地延请教师教他舞枪弄棒。后来，整日的和一些狐朋狗友去各处酒楼娼馆游荡，整天醉醺醺的，在街头巷尾打架滋事。他为人慷慨，仗着有点产业，行走处挥金如土，不到半年，就把家底败光了。他们那些人，平时都是吃现成的，哪里受过穷，于是不安分起来，吆五喝六，做些没本钱的生意，慢慢地，胆子大了起来，又贿赂官差，官府拘拿也不怕。不到一年，其党羽布满整个衡州郡。这周大章便在河里摆了一条大渡船，把其余的渡船都驱逐了出去，大小船只一律不准停泊，只有这只渡船在此开摆。每次开船，不够百人不开船。白天借名摆渡，到了夜里，便趁机打劫，过往行人被劫无数。附近知道的，都不敢搭船，背地里称呼这条船为“阎王渡”，意思是凡有渡此船的人必死无疑。周大章还聚集党羽三百多，有时候绿林抢劫，有时候穿墙凿壁，无所不为。同时还有李阿宁等匪类团伙，天天生事，搅得湖广一带鸡犬不宁。海瑞带着海安一路访来，无人知道他是个特授的巡抚按察使。

一天，海瑞访到衡州，一路听说周大章的“阎王渡”，便想要前去乘渡。海安拦阻道：“老爷休要坐船。小的记得，在桥头关帝庙里求的签上有‘阎王渡’字样，要有惊险的。现在正好碰到这个名字，不能不信。老爷先到任上，再做打算吧。”海瑞不听，说道：“身为朝廷命官，就要替君分忧，为民除害。我今天奉旨查访民情，岂可因‘阎王渡’而畏缩不前，辜负皇恩？你别多言，只管左右伺候就是了。”海安听了，不敢再说什么，只好远远地跟着，来到渡头。

河面上并没有船只，只听许多人围在一起议论道：“今夜三更才开船，我们有的等了。”一位老者说道：“就是等到五更也得等，不然哪里有船坐？”一少年回道：“幸亏我们没有要紧的事，要不早就耽搁了。”海瑞听完，便走过去，问道：“我们是外江的人，不知道这里的风俗。刚才听到诸位的话，好生奇怪……”话未说完，只见老者慌忙摆手道：“休得多言连累我们。”海瑞问道：“老丈这是什么话？就是官渡，来的晚了，也怪不得人家说话啊。”老者摇头道：“你是外江人，哪里知道这里的风气！这只渡船，比官渡还要厉害呢，你若得罪了，只怕就担当不起了！”海瑞更加惊奇了：“难道他是领了官府的文凭照会，在这里输捐摆渡，有什么不可以说的隐情？”

老者急忙制止道:“切勿高声。”说完拉着海瑞,到远处的大树下坐。海瑞又问道:“老丈不让高声说话,是何缘故?我们是外江人,不晓得贵地乡规风俗,恳请老丈明示。”老者把海瑞看了半天,才说道:“看来你真不知情,你听我与你明说。”海瑞忙说:“我们二人萍水相逢,有什么话但说无妨。那渡船得半天才来,你我何不在此坐着畅谈一番,就当闲聊解闷了。”

于是老者将周大章的种种恶霸行为一一道与海瑞,最后叮嘱海瑞道:“如果有人在这码头上说些不识时务的话,肯定会招来杀身之祸。官府都不敢征税呢!外江人,在这里,千万不要多嘴。”海瑞道:“难道这周大章没有家小吗?”老者道:“怎么没有?他家还有老母幼妹,现在前面狮子坡居住。”海瑞道:“既有家人,何以不念骨肉之情,一味横行闹事呢?一朝被绳之以法,只怕后悔也来不及了。”老者道:“休要管他,他法力无边,厉害着呢!我们去那边等船吧。”说完与海瑞作别,往码头去了。海瑞自己在那里思考半天,心想:这周大章既然有家眷在附近,何不先到他家里探个虚实,也好到时候差人来捉。想到这里,站起来径直往老者所指的地方走去,到了狮子坡,询问周大章家住址,都说:“过了这条街,到房屋尽头,一里之外,再没有别的人家,只有茅屋三间,就是周大章家了。”

海瑞谢过路人,急忙沿着河边走来。走过一片人家之后,到了郊外,便望见一片野地里,有茅屋三间。海瑞正要上前敲门,听到动静,赶紧退下,只见一个老妇人,开门出来了。

手里提着一个水桶，到河边汲水。海瑞心想：这个肯定是周大章的母亲，我要打探什么情况，都得从这个人口里说出了。想到这里，海瑞故意嗟叹几声。余氏听见了，不觉动了恻隐之心，走过来问道：“这位客官，我看你不是本地人，为何在这里长叹？”海瑞故作愁苦状，回道：“小子是粤东人，只因有个好兄弟在这里做参茸生意，特地前来投奔。谁知道他早已经回粤东了。小子盘缠用尽，寸步难行，只盼望能沿路找到半个乡亲，资助小子早日回到家乡。今漂泊至此，身无分文，住不了店，只好在外面游荡。从昨天到现在，没吃一餐饭，身子空虚，竟走不动了，所以在这里坐着。”余氏见他说得可怜，叹气道：“你且随我进去，待我做饭与你吃，今夜权且留宿一晚，明日一早再起行罢。”

海瑞一边拜谢姥姥，一边故意与余氏说起家常话。欲知海瑞今夜留宿周大章家是福是祸，是生是死，且听下回分解。

图八　海瑞微服私访“阎王渡”

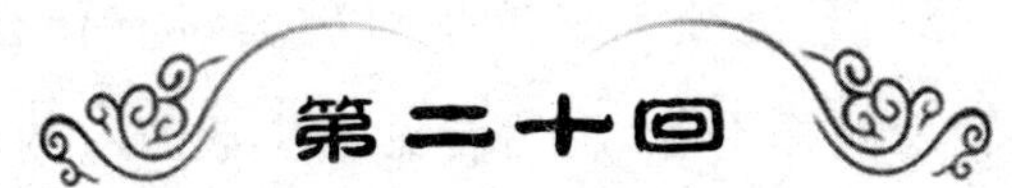

第二十回

死里逃生阎王渡 为民除害海刚峰

却说余氏可怜海瑞孤苦无依，顿生怜悯，于是就将海瑞唤到家里，留他住宿，又给他制备饭菜。当下海瑞谢了，跟着余氏进了茅屋。余氏提水进来问道："刚才着忙忘记了，还没有请教尊姓大名。"海瑞道："小子叫钟生，广东海康人。"余氏道："原来是边省人，离这里有千余里地，真是辛苦！那边有间小屋空着，今晚请住在那里吧，茶饭待会就好。"海瑞再三拜谢，然后进到那间小茅屋里，正面是一张土炕，两边摆了竹椅，墙壁上面有架子，上面放了许多锋利的刀枪，发出银闪闪的寒光，令人心惊胆寒。海瑞心里暗想：这就是贼人的凶器了。正在四处观望时，余氏已将饭菜端来。海瑞谢过，粗粗吃了一些，余氏问道："你已经两天没有吃饭了，怎么就吃这么一点？难道是嫌饭菜粗糙？"

海瑞赶紧回答道："我听古人说'饥食过饱，必殒命'，所以小子宁可少吃。"余氏笑道："这话有道理。"说完掌灯出来，将东西收拾完毕，对海瑞说："你先歇着吧，明早吃过早饭再去。"海瑞坐在灯下，默想：余氏为人挺近情理，只是她的儿子不该违法营生，连累其母。将来破案之时，我一定格外开恩，以报一饭之德。只是今天来这里对破案没有什么用处。因为烦恼,辗转反侧睡不着,忽然看见案头放着一封信,上面有"周大章老兄手批"的字样。海瑞便拿起来,取出信笺,原来是黄三小状告周大章抢劫他七百两银子,当时有月光,同行十余人看清是周大章模样。故此衡州知府关上遥无法为周大章开脱,只好写信,请周大章想办法把黄三小结果了,以防黄不依上告,麻烦变大。海瑞看了,立刻怒道:"这关上遥居然和匪类勾结!罪不容恕!"于是将书札装在袖子里,他日作为物证。

不料,才过了一会儿,就听到紧急的叩门声,海瑞趴在门后偷听,只听里面余氏答应一声,出去开了门。又听一男子的声音道:"才几点,怎么这么早就关门!"余氏道:"又到哪里吃醉了酒回来?今晚没有干坏事吧?"男子道:"你少管,扶我到里面睡吧。"

余氏道:"你先在草堂里坐会,听我说。"男子道:"等我睡醒了再说吧!"接着发出呕吐的声音,看来是大醉了。余氏说道:"里面有位迷路的客人借宿,这时候已经睡熟了,不要惊动他,你在这里睡一宿吧。"男子一听,一下子高声喝道:"我的房里有许多要紧的东西,你怎么能随便留客住在里面?"说完便跌跌撞撞地向房门走过来。海瑞大惊,听声音分明就是周大章,现在他是欲退不得,欲出不能。

正在惊疑间,只听哐当一声,门被周大章撞倒,连人一起跌了进来。余氏赶紧拿灯来照。周大章爬起来,一见海瑞,不觉怒火冲天,不问青红皂白,一把抓住海瑞骂道:"你是什么人，敢来打探我的事！”海瑞挣扎道：“请壮士放手，听我解释。”周大章将手一松，海瑞一下子跌在地上。那余氏急忙扶起来，口里说道：“不要害怕，他是吃醉了酒，不要见怪。”海瑞还没有回答，只听周大章呵斥道：“还不快说！等我动手吗？”

海瑞战战兢兢地说道：“我只是个过路的，错过了站头，承蒙老太太好意，留宿一晚。不知壮士回来，有失回避，请不要见怪！”周大章怒道：“你走道怎么不朝大路上走，反走到我家这条断路上来？分明是前来窥探我的。你自来送死，我决不轻饶！快说，你到底是什么人？不说就受我一刀！”说完，取出一把利刀，扔在了地上。海瑞回道：“小子确实是迷路了。如果识路，就不会走到这条断路上了。”余氏也在旁边为海瑞辩解，求他饶恕。周大章哪里肯听，余氏只好进里屋了，周大章将房门反扣住，说道：“老子此刻困了，明早再和你算账！”说完，用一张大椅子顶住房门，自己躺在椅子上呼呼睡着了。屋里，海瑞看着明晃晃的刀子，房门已被堵死，料得脱不了身，不觉凄然道：“想不到我海瑞会命丧此地！”

再说余氏进里屋和女儿兰香说道：“往日你哥哥都不曾回来，偏偏今晚我留宿了客人，他跑回来。如今将刀子丢在地上，反锁房门，这不是要客人性命吗？好端端的一个人，却被我害了，实在是于心不忍！”说完竟掉了泪。兰香道：“你明知哥哥是这般脾性，还要留那人过夜。这次是母亲考虑不周。哥哥心性多疑，肯定不会放过那人。”余氏道：“还是想个办法救了他吧，不然这罪孽可就大了。”兰香说道：“有办法放他走就好了。”余氏说道：“使不得，你哥哥把那人困在屋里，他又是顶住房门睡的，如何救得出来？”

兰香眉头一皱，计上心来，对母亲说道：“有了，趁哥哥未醒，我们将外窗撬开，悄悄请那人跳出，随母亲从后门出去，回来再把外窗门放倒在地。哥哥醒来，还以为那人知道此道，就不会责怪我们了。”余氏大喜，连忙依计行事。海瑞紧紧跟着余氏，在黑暗中转了几个弯之后，余氏打开后门说道：“你从这条道转弯往西，快快逃命吧。”海瑞谢过余氏，便一路飞奔，幸亏天上有一轮微月，能够模糊辨认方向。

海瑞一直跑到天明，远远望见城门已开，急忙进城回到客店，叫海安伺候着换了衣服，就来到指挥衙门。海安上前对把门的军官说道：“新任巡按到了，有机密要见你家大人，快快通报。”把门军官急忙进去通报。指挥立刻出门迎接，海瑞没有时间寒暄，立即将“阎王渡”的事情，说与指挥，请他立即前去捉拿周大章。指挥听罢，吃了一惊，急忙传令左右两旁游击，各带一百五十名官兵前去。

周大章睡到五更醒来之后，即唤余氏点灯。余氏放走了海瑞就不曾睡着，忽然听到儿子叫唤，故意不答应，周大章叫了好几声，才装作被吵醒地应道：“好端端地睡着，叫什么？”

周大章接过灯，打开小屋门一看，不见了海瑞，只见两扇窗子大开着，大吃一惊。周大章又连忙跑到后门一看，门也是开着的，说道：“不好了！这厮也会此道，都是我喝酒误事，让他给跑了。”转身问余氏夜里可曾听见动静，余氏故意说四更之后好像有点动静，听不真切。周大章立刻进屋查检东西，独独不见了书札，顿时跺脚道：“不好了！这厮偷了我的书信，这还了得！趁他还没有走远，我赶紧追回，才可免除祸根。”正要出去，忽听一派喊叫，从前门后门涌进来一屋官兵，一把将周大章拿下。

海瑞见完指挥就回到客店睡下。那些地方有司都知道了，不一会儿，纷纷来参见。海瑞吩咐道：“先回衙门理事，等我上任之后再接见。一切供应全免，本部院并没有带家眷，只有一个仆人，只准备日常饭菜即可。”地方官听了，只好照办。

海瑞起来梳洗完毕，穿了件圆领大红袍，戴起乌纱帽。不一会儿，地方官领着仪从过来了，三声炮响，海瑞升轿，一路鸣锣喝道，到了巡按公署。海瑞下轿，拈香祭门，行过大礼，然后才入衙走进正堂。掌印使捧上印盒跪请海瑞开印，有司道府各官呈上手本禀见，海瑞吩咐，单请两有司进来。

海瑞另设两张公案，请有司坐下。又单独传本地知府关上遥进来。关上遥觉得很有面子，在同僚面前，得意扬扬地趋进大堂，行完礼，自觉侍立一旁。海瑞笑道：“贵府颇有政声，的确是衡州百姓的父母官。本院奉旨来到此地，一路上听说本地匪类甚众。贵府在此地已经两年多了，可知有哪些匪类很猖獗？”知府回道：“湖广人比较粗犷彪悍，以长沙、贵阳一带不务正业的人较多，卑职到任以后，基本上捉拿并依法处置完毕，大人不必担忧。”

海瑞说道：“本院听说本地有个周大章，不守本分，结党横行，现在码头开摆‘阎王渡’，贵府可有听说？”知府回道：“周大章不过一个摆渡的人，哪里有那么强暴？渡名阎王，是因为周大章面黑像阎王，请大人明察。”海瑞不露声色道：“本院昨夜曾在他家歇宿，见周大章长得不黑，身材非常魁梧。他还托本院转交一封信与贵府，请查收。”

知府接过书信，暗自心惊，这正是自己寄给周大章的。一边思索书信如何到了海瑞手里，一边摘下纱帽，磕头道：“这不是卑职的字，肯定是有人栽赃，请大人明鉴。”海瑞道：“哦，想必是本院传错了，那么将书信交回本院手里吧。”海瑞接过书信，就请两位有司来验看此信。知府此刻如热锅上的蚂蚁，惊慌失措，浑身汗如雨下，不停叩头，口里说着该死、开恩。两有司看完之后，说道：“这知府勾结匪类，罪不可恕，卑职等有失稽查，也难辞其咎，请大人处分。”说完退到阶下。

海瑞请两位有司坐下，对知府说道：“你身为知府，居然害民纵盗，哪里有恩典与你！”吩咐左右将知府的官服剥下，先监禁起来，听候处置。

不一会儿，指挥大人委中军官押解周大章到了。海瑞大怒，吩咐将周大章押到大堂来。海瑞问道：“周大章，你抬头看，可认得本院？”周大章一看，吓了一跳，暗想：昨夜不该得罪他。于是磕头如捣蒜，口里却说道：“小人无缘，不曾见过大人。”海瑞冷笑道：“昨夜你在家扔出利刀叫我自决，怎么这么快就忘了？你的字，本院是认得的，赶快从实招来，免受皮肉之苦。”周大章只是闭口不承认。海瑞怒不可遏，对两有司说：“有劳二位大人，务必取得实供归案。”说完，拱了拱手，进入内堂了。

当下二有司，唤了差役将周大章提到案前审讯。周大章只承认平日里不守本分，至于杀人抢劫，拒不承认。有司立刻吩咐左右动刑，先重打一百巴掌。周大章还是不招，两有司怒了，命差役上夹棍。周大章被夹得五内俱裂，慌忙承认道："小的愿招了。"有司命他自己写供。周大章挑拣着的写了十二条罪状呈上。有司接过，看完扔给他，说道："你何止犯了这十二条？你与知府勾结之事，怎么不说？该府已经供认不讳，你快快一起写来。"周大章无奈，只好提笔再写。按察司取了周大章口供，即刻呈上公堂，海瑞看了，着二司拟文。

第二天，海瑞升堂，问周大章："你今日可有悔恨？"周大章说道："小的犯法，合该受戮。只是老母、幼妹，没有安排妥当，心里挂念。"海瑞说道："你的家人，本院自会格外开恩，你不必记挂了。"说完海瑞提起朱笔勾了，下令绑上，押送到市曹斩首。一时间，见者无不拍手称快。海瑞又命海安送余氏十两银子，并送到普济堂终老，以报余氏救命之恩。

欲知海瑞惩治了周大章，奏请朝廷处置知府之后，又去了哪里，碰到了什么灵异，且听下回分解。

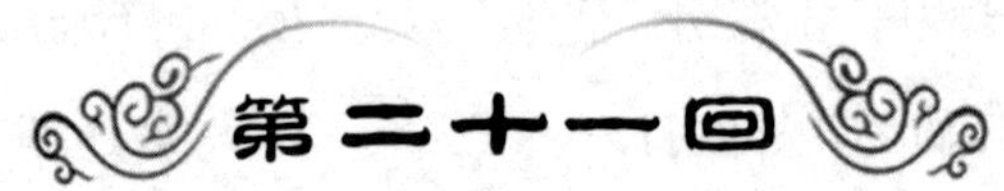

第二十一回

神明显灵裂皮鼓　严贼行计盗娈童

话说海瑞肃清了周大章及其党羽之后，就开始巡按其他州郡。一路明察暗访，所到地方，一律不许有司供给。每到一个地方，总是先贴告示，海瑞随后而至，所到之处，秋毫无犯。老百姓听说海瑞到了，箪食壶浆，都在路上迎接。有冤屈的人上前，海瑞总是立即审理，欢声载道。

这一天，到了府属，海瑞想起武当山上求拜十分灵验，听说只有上山的人问心无愧，进香之前，斋戒沐浴，才能上得了山，否则那个大殿上的玉灵官，就会一鞭子打下来，因此到这里进头炷香的人很少。海瑞于是到山下住下，当晚斋戒沐浴。

第二天早上五更天就起来了，拈香上山。海安在旁边打着火把照路。这山果然险峻，海瑞打足了精神，走了好久才到得山上，远远听见钟鼓之声。等到了山门，便有道士来迎。海瑞抬头看那手执金鞭的玉灵官像，活生生地立在当门。海瑞洗手上香，却发现炉里已经有了头炷香。海瑞心想：上山只有一条路，我五更就上来，不见有谁过来，怎么会有头炷香在此？看来我心不够诚。想到这里，上了二炷香，拜了又拜道："弟子海瑞，承蒙上天眷顾，天子殊恩，来到宝地，伏乞神明保佑吾朝，江山永固，帝道恒昌；湖广黎民，皆知孝悌仁义；全国风调雨顺，五谷丰登。"许愿之后，出来问道士："这头炷香是你们上的吗？"道士回道："小道们上香点烛，是在殿外，这炉里的头香，是等诚心的信士来上的。大人有所不知，这里的神道最灵，如果上头香的信士身心稍稍有点不干净，就上不了头香。哪怕三更来，炉里都会有香。"海瑞奇道："想来是我今天还不够干净，那我明天再来吧。"

海瑞下山，一路上都在思索哪里不对，突然一拍脑门，对海安说："想是我没有斋戒三日，心不够至诚，回去之后，你要和我一样，斋戒三日，这样才能和我一起去。"海安同意了，当下两人斋戒了三天。到了第四天，海瑞四更就起来了，路上漆黑一片，只听得四面松声、水声、猿啼鹤鸣声。海安心惊胆战，海瑞却不理会，只顾往上走。来到庙前，道士还没有起来，庙门紧闭，海瑞喜道："我今天肯定能烧头香了。"便命海安叩门。等到恭恭敬敬地走到殿上，又看见头炷香在炉里。

海瑞急忙唤来道士问道："我又斋戒三日，四更就来到宝山，山门紧闭，怎么还会有头炷香在里面？"道士道："大人只有一点杂念都没有，才能上得了头炷香。请大人今夜就在此歇宿，看明早如何？"海瑞回道："也罢，我就在这里住一宿看看。"说完唤海安回到住处取了铺盖和素菜淡饭，来到庙里。道士见了，不胜惊讶道："大人就赏脸在庙里吃口斋饭，何必劳烦大叔下山？"海安解释道："我家老爷，生平清廉耿介，自从做官以来，不曾吃过百姓一杯茶。什么时候都是这样的，所以道长不用费心了。”

到了晚上，海瑞重新沐浴，三更便起来洗脸梳头，再三盥洗之后才到大殿之上。道士们自是守了一夜，海瑞上殿之前，炉里还是灭的。海瑞心里窃喜：现在才三更天，这头炷香肯定是我上的了！等走到了殿中，吃了一惊，炉里已赫然燃了一炷香。海瑞这时候连自己的香也不烧了，走到方丈面前坐下，叹道：“我海瑞自入仕以来，不曾虐民贪贿，怎么连头炷香都烧不成？”道士也奇怪道：“前者贫道窃意大人在山下，有什么不洁。今晚却住在庙里，还是不能烧头炷香，贫道也不知道是什么缘故！”

旁边一行者说道：“师父不要疑惑。我观察大人来这里，一连三次，每次都很诚心。之所以不能上得头炷香，可能是因为大人所穿的靴子是牛皮的。而山上忌讳杀牛，难道不是因为这事吗？”海瑞说道：“我的靴子是牛皮做的，可是大殿上的鼓难道不是牛皮做的吗？”话音未落，忽听一声巨响，犹如天崩地裂。大家正在惊疑之时，忽见行者匆忙来报：“大殿上的皮鼓，无故破裂，鼓上牛皮裂成碎片，纷纷飞到山门之外。”海瑞与道士都非常惊讶，于是海瑞就和方丈来到殿上，只见架上只剩下一个鼓圈。海瑞叹服：“我只是说了句话，神明就显灵了！”于是跟着方丈到神前谢过。当晚仍旧住在庙里。

听说是帝尊传法旨与玉灵官：“海瑞自恃耿直，以上不到头香为憾事，故将皮鼓撤去，以示灵验。明日许他上头炷香，你可跟随他走，如有半点歪心邪念，即刻拿金鞭打死之后，回来复命。”玉灵官领命，候着海瑞。

早上的时候，海瑞又去上香，果然上了头炷香。海瑞不胜欣喜，赏了道士五钱银子，起马巡按其余州郡，却不知身后有玉灵官朝夕跟着。

一天，海瑞便服巡按到湘潭，天气炎热，走了半天的山路，都没有看见有卖茶水的。海瑞问海安道："焦渴难耐，这可如何是好？"海安四下里望了望说："老爷，对面有瓜田，不妨摘一个解渴吧。"海瑞渴得不行了，就听了海安的话，吩咐海安走到瓜地里面摘了一个。那玉灵官在后面看着，不觉动怒，正要举鞭打下来，转念一想：他现在刚摘到瓜，看他吃完如何处理再打不迟。

海瑞令海安切开西瓜，一人一半吃了起来，吃完，海瑞问海安这西瓜值多少钱，海安说二十文。海瑞于是吩咐海安取四十文放在瓜蒂上。此时玉灵官怒气顿消。后来，玉灵官一直跟了海瑞三年，没有发现海瑞一丝破绽，于是回去复命了。海瑞各个州郡巡按完毕之后，回到长沙府驻扎，更加勤政爱民，百姓都很爱戴。海瑞又派海安将夫人接来同住，这且不表。

再说那严嵩，自从把海瑞截住不在京城，越发贪污受贿，肆无忌惮。其子严世藩已是吏部侍郎，与得宠内监王惇朋比为奸，劣迹斑斑。一天，严世藩退朝回来，在轿内不经意看见对面走过来一个美男子，顿时神魂飘荡。一路想着这个人，回到府中，还在思念。家奴任吉见主人不食不饮，便问道："老爷今日为何闷闷不乐，莫非朝中发生大事了？"严世藩笑道："皇上对我父亲言听计从，我又同王惇情同骨肉，即使有什么弥天大祸，有他们二人撑着，怕什么！只是有件心事难以开口。”

任吉道：“老爷有什么心事，只管说与小的知道，或许可以为老爷分忧。”严世藩道：“刚才退朝，在大街上看见了一个绝色少年，只是不知道他是谁，所以闷闷不乐。”任吉想了想说道：“老爷莫非是在翠花胡同看见一个身穿绣花直缀的后生？”严世藩点点头。任吉笑道：“小的以为是谁呢！他是小的同宗，名叫任宽，今年十七岁，现在定亲王府使唤。老爷昨个看见的，肯定是他。”当下严世藩就问任吉能否将任宽招到府中，任吉谄媚道：“那有何难！他和小的是兄弟，唤一声就过来了。明天小的叫他来喝酒，老爷可见机行事。”严世藩喜道：“你若能够将他引来，我重重有赏！”

再说这定亲王就是前朝王爷的兄弟叫朱宏谋，性好男风，不理政务，所以不曾封藩，就封为定亲王。皇上念他是个皇叔，就让他在京城里住着，乐享余生，不去理会。他府里有少年四十余人，都是十六七岁年纪，个个貌美如花，能歌善舞。定亲王将他们分成四班，轮换侍候。四十余人当中，任宽美而多诈，善解王意，百般承顺，所以最受定亲王宠爱，和他食则同器，寝则同床，不能离开半步。定亲王爱其子而及其母，赐他一间宅子，供奉母亲，一切日用薪水由王府另拨。这天，任宽想到外面游玩，不料被严世藩撞见。任宽不知，游玩之后，又回到了王府。

第二天，任吉来访，寒暄了一会儿，任吉便邀请任宽去严府观看新造的凉亭，任宽欣然前往。到了严府花亭，果然花木阴翳,清幽雅致。玉石栏杆之下,便是荷花池,池中荷花红白相间,花下数对鸳鸯戏水,香风飘过,沁人心脾。当下,任吉请任宽到小亭里坐着,吩咐小厮拿出玉杯,捧来果盒,两人对酌起来,任宽酒量很小,喝了两杯便觉头昏,就要起身告辞。任吉再三苦劝,勉强又喝了几杯之后,便醉得人事不知了。任吉忙命小厮扶他到凉亭内的凉床上睡了。严世藩已经等了许久了,听任吉回报完之后,喜滋滋地来到荷花亭,一看任宽,两颊绯红,真是面如桃花,勾人魂魄。于是就趁任宽在醉梦之中,任意修理了一番,任宽痛醒,挣扎不得,竟掉下泪来。严世藩赶紧安慰,任宽说道:"侍郎欺人太甚!好歹也看得俺家王爷的面子。"严世藩道:"卿何必拿王爷来压我?难道我还怕他不成!"严世藩得手之后,大笑而去。

任宽负痛回到王府,见到定亲王,立刻跪在面前,大哭不止。王爷不知道是何缘故,赶紧扶起来,放到膝上,问道:"你好好的不在府里,跑哪里去了?怎么弄得哭啼啼的?"任宽哭道:"小的被严世藩欺负了。"并将任吉如何引诱他,如何被严世藩凌辱一一说了,说完又大哭起来。定亲王听罢大怒,吩咐家奴何德,传起府中人马,直奔严世藩府。

不到一刻,即到严府。那守门的见来势汹汹,哪里敢拦,纷纷躲避。定亲王直冲进去,刚好和严世藩撞了个满怀。定亲王一把抓住,大骂道:"大胆贼子!竟敢欺负到孤家头上了!"说完,拳打脚踢。众家人赶紧劝住,严世藩见势不妙,下令将三堂门关闭,自己趁机从后门逃跑了。定亲王哪里肯罢休,下令将三堂门砸开,闯将进去,半天找不见严世藩,就命众家人:“把他家人给我痛打一顿!”家人们答应一声,立刻抡起拳头,逢人便打,见物就毁,把严府家人打得头破血流,个个抱头鼠窜,将严府闹了个翻江搅海,定亲王乘兴还要去找严世藩,被家人劝说着,才怒气冲冲地回府去了。

却说严世藩无处可逃,跑到父亲相府里,严嵩见了,问他慌张做什么。严世藩撒谎道:“好好的,定亲王无端带着一百多人打到孩儿府中,抢掠物件,孩儿与他理论,还被他打了几拳,若不是孩儿跑得快,怕是已经没命了。”严嵩大吃一惊,心想他与定亲王平日并无仇隙,何以如此?立刻打轿,领着严世藩回到儿子新宅中。此时定亲王已经回去了,众家人个个头破血流,见了相国,立刻添油加醋地禀告一番,严嵩顿时勃然大怒。欲知相国会如何陷害皇叔,且听下回分解。

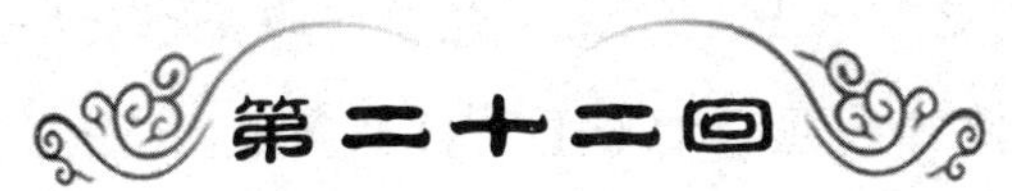

第二十二回

奸相徇私害皇叔 海瑞怒奏正圣听

话说严嵩听了下人们添油加醋的话，又见屋里屋外东西器具全部被毁，顿时破口大骂道："老夫与你无冤无仇，凭什么糟蹋我儿家中？你就是个亲王，我也不能善罢甘休！"说完立刻进宫面见皇上。

皇上见严嵩一脸怒容，便问道："太师有什么事不高兴？"严嵩奏道："承蒙皇上厚爱，臣父子皆为皇上效劳。臣儿另有宅第。定亲王不知何故，今天突然带着一百多匪徒，闯进臣儿家中，喝令苦打臣儿及家人，又将值钱东西抢劫一空，抢不走的便任意毁损。幸亏臣儿走脱，不然，性命难保。请陛下为老臣做主！"皇上听了很是奇怪，便问道："太师与皇叔平日有来往吗？"严嵩说道："没有。"皇上说："既然没有来往，更没有仇隙，他突然寻衅，这作何解释？"严嵩乘机奏道："老臣听说一件事，请皇上借一步说话。"皇上喝退内侍，问道："卿有什么见闻，只管奏来。"

只听严嵩低声说道："老臣听说，定亲王心有异志，不愿屈尊在皇上之下。常有出外镇守之心，以便广树党羽，图谋不轨。只因皇上英明，一直让他留在京城，他日久生怨，阴蓄死士于王府之中。只因臣父子在朝碍眼，所以这一次率匪徒前去，意欲除掉我儿。请皇上明察。”皇上听完说道：“他是朕的长辈，朕所以封他为亲王，使其尽享荣华富贵。他却心怀异志，图谋不轨。太师先退下，朕自有处置。”严嵩谢恩退下。

皇上立即召吏部尚书唐瑛进宫，问道：“诸王都在外面镇守，只有定亲王在京，朕怕他日久生怨，想封为边藩，爱卿觉得怎样？”唐瑛奏道：“诸王皆可，唯定亲王不可。定亲王自幼胸无大志，只知玩乐。先帝在时，知其无心政事，所以没有加封，只留在宫中养闲。陛下登基之时，封他为亲王，但是定亲王从未理过外事，整天只和家奴玩乐。如果派到外边，恐怕有损我朝威严。”皇上立刻说道：“爱卿却不知道，现在皇叔心怀异志，常以朕不封他外出为怨，所以在京城偷偷蓄养了死士，想要找机会谋反。无奈现在有严嵩父子在朝中作梗，所以不敢轻举妄动。今天带着一帮匪徒将严世藩毒打，还洗劫了严府，他谋反的迹象一下子暴露无遗了。朕想把他除掉，以绝后患。”唐瑛大惊失色，慌忙奏道：“陛下这话是从哪里说起？肯定是有奸臣造谣生事！如果是说别人，臣不敢不信，只是定亲王是个迂腐的人，哪里懂得这种不臣之事？恳请陛下明察，不要听了奸佞小人的挑拨，伤了骨肉之情！”皇上说道：“卿不要替他掩饰！不用说了，退下。”唐瑛无奈，只得退下。

皇上立刻令廷尉官特旨，将定亲王下狱，交三法司严加审问。廷尉官领了圣旨，立即将定亲王捉拿在狱中。第二天，三法司再三审问，无奈朱宏谋不肯承认，要对质确证。三法司只好回奏皇上。只见奏章上写着:三法司奉旨严讯定亲王谋反之案,臣等遵旨,再三严讯,定亲王实无此情,拒不承认,必须找出对质物证,方才屈服。臣等只得将定亲王囚禁,请皇上出示圣旨所言定亲王谋反之确证,臣等再加审讯,使其服罪。臣等伏请皇上圣鉴。

皇上看完,于是和严嵩商议。严嵩说:“皇上如果叫老臣前去对质,恐怕朝廷上下会议论纷纷说老臣是为皇上考虑而除掉亲王,请皇上三思!”皇上点头不语,半天才问道:“这样可如何是好?”严嵩回道:“为今之计,皇上可将本章暂搁一边,三法司不敢轻易放掉他,只能将他囚禁在狱中,臣另有计策,替皇上除掉他。”皇上依了严嵩之计。三法司等了半个月,不见下旨,只好将定亲王放在狱中,等候圣旨。这定亲王又不能出狱,又不能面见皇上,整天愁闷,又想起府里那班少年,不知道他们现在什么下落,怕他们走了,以后不能作乐,想着想着不禁掉下泪来。

再说海瑞在湖广任期已满,于是奏请回京。皇上忽然想起有三年没见忠直的海瑞,当时下旨道:海瑞出巡三年,擒拿匪类,治理有功,着即刻来京办事,湖广巡按一缺,差严世藩前去。钦此。

圣旨一下,那跑折子的官差,立刻去湖广传旨。海瑞接到圣旨,当天就打点行装,将印信交给指挥署理,带着家眷就要回京。湖广的老百姓纷纷前来挽留,有的人竟然哭了起来,海瑞少不得拿言语安慰。这边,严世藩得了圣旨,满心欢喜,心想又可以大敲一笔银子。临行前,想着老父一个人在京城，就嘱咐父亲道："海瑞回京之后，皇上必然重用，父亲先不要和他作对，凡事稍微顺着他一点，等我回来再作打算。"又拜托王惇替他照应一切，这才离开京城。

海瑞一路星驰，到得京城，将妻子暂时安排在客店里，第二天一大早就上朝拜见皇上。山呼万岁之后，皇上嘉奖道："卿自为官以来，政绩显著，真是朕的股肱之臣！从现在起，朕封你为户部尚书，都察院左都御史，你一定要为朝廷效力！"海瑞再三谢恩，退朝之后，带着家眷一起搬到户部衙门居住。听说定亲王因为谋反被关在狱中，只因证据不明，至今未决。海瑞于是再三查访，知道了事情的始末，不禁勃然大怒道："大胆奸贼，竟敢如此猖狂！欺瞒皇上，诬陷皇叔，这还了得！"于是写表，待明日上朝时奏请皇上。

皇上看表上写着：微臣海瑞，谨奏皇上，为定亲王一案，事无确凿证据，纯属诬捏，恳请皇上明察：定亲王犯法一案，蒙圣旨交三法司审讯，定亲王有没有谋逆不轨之事，三法司已经细究，定亲王也坚决不承认；重复严审，定亲王始终没有供认。想定亲王乃金枝玉叶，锦衣玉食中长大，从来没有受过半点苦楚，现在受尽了刑具的折磨，仍然不供一词，可见他确实没有悖逆之心。三法司见严刑无效，曾联名奏请皇上发出确证对质，到现在已经三个月，还不见批示，致使定亲王备尝监狱之苦，案子因此悬而未决。难道关押在狱就可以解决问题吗？这是微臣不明白的地方。皇上以仁孝治理天下，又怎么忍心因为奸佞片面之词，而违背了仁爱之义？恳请皇上早日出示指控亲王的确切证据，使三法司得以结案，而让定亲王死得明白。如果没有确证,那么这件事必定是外人造谣诬捏!恳请皇上立即将诬捏之人,发交三法司受审,治其反坐之罪,以肃清律令!这是朝廷的大幸,微臣恳请皇上明察!

皇上看完海瑞上表,顿时犹豫不决,于是召严嵩进宫,将奏本拿给他看。严嵩看完,汗流浃背,急忙奏道:“海瑞自恃有才,故意重翻旧案。皇上应该斥责他,以儆效尤!”皇上摇头道:“定亲王是朕的皇叔,不比别的案犯。海瑞所言,理正辞严,不能留中不发。朕想释放皇叔,只是君无戏言,如果平白无故地释放了,岂不是视王法如儿戏?请太师为我想个办法。”严嵩无奈,只好顺应皇上,献计说:“皇上既然要释放定亲王,何不命海瑞保释他出狱?这样,就合情理了。”于是皇上在海瑞的奏折上批示:卿奏已知,准将定亲王释放,只是无人敢保。你既然知道他是忠诚的,那么你如果能够保他,朕即刻释放,仍旧恢复藩王封号。海瑞看了,立刻写了保状呈到皇上面前。

定亲王出狱,万分感激海瑞。只有王惇和严嵩心中不快,私下里商议道:“不行,我们必须把海瑞除掉,如今无隙可乘,这可怎么办?”王惇又给严世藩写了封信,述说海瑞回到京师,立刻保释定亲王朱宏谋之事。严世藩看了,心里很是讶异,只是他远在千里之外,又不能做什么,只好在原书信后面批道:“放虎容易捉虎难。”王惇看了,心里自是不安,但是追悔莫及,和严嵩二人只得隐忍,这且不说。

再说严世藩自从出任湖广巡按以来,先不理政务,专门索要贿赂,巡视各处,勒索供给铺垫银一万两,如有不照办的，立刻搜罗过失，拿弹劾来相威胁。湖广各省的官吏，恨之入骨，只是畏惧严世藩的权势，敢怒而不敢言。严世藩好男风，到任之后专门挑选美貌少年做跟班，闲时便不分昼夜肆意取乐。

一天，严世藩到府学去宣讲圣谕，其中一个叫胡湘东的秀才，站在执事的行列中，把严世藩的七魂六魄都勾了去。只见这少年，生得貌比潘安，才比子建，年纪不过十六岁。严世藩坐在明伦堂上，勉强宣读完圣谕。接着，由学校教官带领诸生前来参见，众学生个个作揖打躬。严世藩便问胡湘东名字，胡湘东打躬说道："生员姓胡名湘东。"严世藩笑道："好名字！有诗云'湘东品第留金管'。进学几年了？"湘东回答道："三年。"严世藩于是鼓励道："今年正好是科考之年，你用心读书举业，力争上进。本院对你寄有厚望啊！"湘东连连道谢。严世藩遂起身而去，心里却在盘算，这胡湘东比任宽又高好几倍，如果能够和他亲近，更是一大快事！转念又一想，胡湘东又非任宽能比，任宽是个小人，胡湘东却是学署生员，文雅非常，他若不从，反弄得不成样子。想到这里，严世藩欲念成空，这天夜里辗转反侧，目不交睫。

第二天起来，严世藩即派人拿着名帖去学署请那个教官前来问话。那教官看见是巡按的名帖，连忙穿了衣服前去。见了严世藩，参拜之后，问道："不知大人唤卑职前来，有何教诲？"严世藩笑道："也没有什么事，就是昨天偶然看见贵门生胡湘东，这个人词气温雅，文艺肯定不错。本院衙门少一位书禀西席（文中指巡按衙门里的教师），想请胡先生来教，不知老师以为如何?”教官起身回道:“胡生才学兼优,承蒙大人厚爱,代为栽培,实乃胡生之幸!”严世藩连忙说:“既然老师代为允诺了,在下有关书、贽仪(关书在文中指聘请老师时发给老师的聘用书,贽仪是指旧时拜见老师时送的聘礼或银子),劳烦给他带回去。”于是令家人取了一百两银子,关书一札,交给教官。教官回到学署,即令人传胡湘东来见。

胡湘东来到学宫,教官笑道:“你的好运来了,可喜可贺啊!”湘东奇怪道:“门生一介寒儒,有什么可贺的?还请老师明示。”教官说道:“昨个巡按大人偶然见你词气清华,心里十分仰慕,今天召我过去,想宴请你,关书、贽仪我都拿回来了。托我代请,不知道你愿意不愿意?”欲知胡湘东是否同意就馆,就馆之后会有什么遭遇,且听下回分解。

图九　海瑞仗义执言

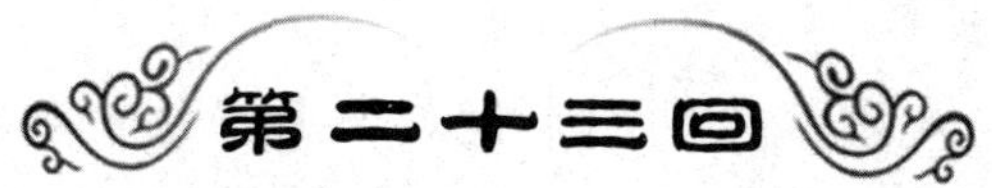

第二十三回

世蕃鸡奸囚学子 知府罢官赴京师

话说胡湘东听得老师说自己被严世蕃延请了，十分意外，有些不信，于是问道："既然有聘书，烦老师拿出来看看。"教官将关书、银子都拿出来递给湘东，湘东看见关书上面写着束脩是一年一千两银子，又见贽仪一百两，喜出望外，立刻欣然答应。教官连忙去巡按院回话，严世蕃听见胡湘东答应了，喜不自胜。过了两天，严世蕃就命亲随前来接湘东，湘东欣然就馆。

严世蕃有心算计，开始时并不露面，凡有书契之类的事情，都命人送到湘东那里让他代笔。转眼间两个月过去了，严世蕃巡按各郡，湘东代为书吏，都和他一起去。一天到了辰州，突然彤云密布，朔风怒号，寒气逼人，严世蕃于是传令停车，暂住在驿馆之中。再说严世蕃久有亵渎之心，只是无隙可乘。有时拿言语挑逗，湘东总是正色不理，只能作罢。

这次，严世蕃又忍不住想扳花折柳，于是心生一计，吩咐近身的家人，出去弄些蒙汗药来，说道："我请胡师爷来喝酒，等酒至半酣，你趁机将蒙汗药放到酒中，事成之后，自有重赏。"家人应诺。严世蕃即刻办酒请湘东赏雪饮酒，湘东独坐无聊，便去赴宴。

当下二人分宾主坐下，严世蕃说道："今天本来应该前往辰州按临，无奈大雪纷飞，夫役难行，所以滞留至此。冬夜漫长无聊，无以消遣，特备薄酒一杯请先生一起赏雪。"湘东笑道："烧叶煮酒，取雪烹茶，正是文人雅事，当与雅士一起。"严世蕃忙说："先生即是雅士，故请先生前来。"说完命家人摆好酒宴，两人畅饮数杯。

酒至半酣，严世蕃说道："如此雪景，先生岂可不吟诵几首以助酒兴？现在我们以三分之一的安息香为限，谁如果做不成，就要罚酒数杯了。"湘东兴致正高，欣然应允，即请出题。严世蕃故意拣些不好做的险韵为难他："题目就是赏雪吧，但是韵须限用八庚。如果时间过了，就要罚巨觥三大爵，然后再做新诗。"湘东同意。

严世蕃令人取来文房四宝放好，两人开始构思。严世蕃事先想好了，所以香还没有烧到一半，就已经写完了，而湘东才写得首句。严世蕃故意在旁边絮絮叨叨，和家人大声说话，乱其心神。香已烧完，湘东之诗才写成。严世蕃笑道："香已过半，先生当罚三大爵再比。"湘东认输，立饮三大爵。

严世蕃又限韵，又不准他重复用前诗用过的字，否则写完了也要罚酒。湘东于是又输了。严世蕃故意问道："先生这次又过了时间，这可怎么办？"湘东说道："晚生才疏学浅，酒量也小，请大人体谅。"严世蕃于是先饮一杯相陪，请湘东又喝了三大爵。此时，湘东已有十分醉意，经不住严世蕃苦劝，又勉强喝了一觥，便呕吐起来，接着醉倒在桌旁，人事不知。

严世藩于是命人脱掉湘东外面吐脏的衣服，把他扶到床上。湘东醉眼蒙眬，模糊看到严世藩，只是他被下了蒙汗药，头重脚轻，欲动不能，挣扎了几回，又睡了过去。半夜酒醒，看见残灯在亮，挣扎着起来，顿时觉得举步维艰，胡湘东立刻勃然大怒。回头看床里，严世藩正呼呼大睡，心里无名火起，瞅着桌子上有个大石砚，抓起来就往床上扔。严世藩早已醒来，假装熟睡不动，看他做什么，等到看见湘东怒扔石砚，赶紧躲闪。大石砚砸到床梆上，一下子把床梆砸得粉碎，严世藩大怒，跳下床来，一把将湘东抱住，大喊家丁进来捉贼。众家人在梦中惊醒，听家主喊贼，急忙进来将湘东拿下。严世藩说："这贼人图谋行刺，先把他关押起来，明天再作处置。"众家人将湘东带走，湘东也不说话。

第二天，严世藩写了一封文书到学署，说湘东夜半持刀想刺杀他，所以革除湘东的功名，然后发往府狱监禁。教官看罢公文，不觉吃了一惊，心想：湘东一向稳重，怎么会发生这种事情？再说，湘东和巡按向来没有仇隙，为什么会做出这等悖逆之事？其中必有蹊跷。只是文书一下，不得不报，于是教官就将湘东所犯之事上详学道。

这个学道叫朱莒，字佩兰，原是探花出身，由礼部郎中转授学道，为人也是刚正不阿。听完教官申详，大为诧异。细细一想，觉得天下刺客很多，但是从没见过有秀才持刀杀人的。该生与严世藩是宾主，却无缘无故行刺于行辕之中，单听严世藩一面之词，很不合情理。只是现在严世藩将该生发府监禁，肯定是要知府审讯。现在严氏权势正炙手可热，地方官无不顺应其意，胡生如何免受冤屈？我身为学道，岂能袖手旁观？于是吩咐书吏写了一道移文呈给严世藩，欲提胡生到辕问讯。

再说胡湘东自下监禁，一直不做声，一任他们拘押。那知府受了严世藩的嘱托，立刻审问胡湘东，要他承认行刺。胡湘东冷笑道："秀才行刺，真是新闻。知府大人法办就是了。"知府说道："奇了，严公看你是个饱学秀才，不惜以千金聘你，你却不知报答，反而身怀利刃，私入卧房，不是行刺是什么？到底你和他之间有什么仇恨，赶快从实说来，本官或可宽恕，如果还是不说，就要动刑了。"湘东笑着说："聘请西席何须千金？知府大人可以想想其中原因。晚生自受聘以来，宾主相欢，并无半句嫌隙，现在却以行刺之罪诬蔑晚生，请知府大人明察。我如果直说，则辱没斯文。所谓哑巴吃黄连，有苦说不出啊。"知府听了，怀疑其中另有原因，于是就缓刑，仍旧收监，等了解情况之后再审。

没过多久，学道投递的移文已到严世藩手里。严世藩看完，暗想：学道忽然写移文前来提人，如果不同意，就说明情况不属实。如果同意，万一事态败露，反而不好。严世藩踌躇不决，于是派家人去请知府。严世藩问道："昨天进去的要犯，到现在已经这么久了，为什么还不见结果，这是什么缘故？"知府回道："该生不认不讳，事有嫌疑，所以又把他监禁起来了。"严世藩说道："该生刁蛮狡猾，他已经犯法了，还要血口喷人。贵府既然不能定案，也罢，本院有个好办法，你只要依办法处理就可以了。”说完抽出一张小柬，交给知府让他回到府中再看。

知府回去以后，将纸条打开，只见上面写着：放虎容易捉虎难，幸勿轻易使归山；须当卿效东窗事，何必区区方寸间？知府看罢，心里暗想：这几句话，分明是叫我学那秦桧害岳飞的事，看来胡生肯定是冤枉的了，我如果杀了他，有何面目对天地鬼神和孔夫子？我宁可不做知府，也不能草菅人命！当下便有释放胡生的意思。

到半夜的时候，知府命人去狱中将胡生提出，带到内堂，细问原委，湘东只是不说话。知府道：“我看你是读书人，不大可能会做出这种悖逆的事，就不忍心加害。你要是再不说，就害了自己，你犯的可是死罪啊！”湘东无奈说道：“这件事让人难以启齿，请大人借我纸笔一用。”知府立即命家人去掉湘东手上的刑具，给他拿来文房四宝。湘东迟迟不落笔，知府催促道：“事关生死，不要再犹豫了！”湘东不得已，只好提笔写诗一首：“秀才不作龙阳宠，国士哪堪入帐缘！酒醉被污谁忍得，端州石砚把床穿。”写完呈给知府。

知府一看，笑道：“他也太没有廉耻了，怎么能把秀才当龙阳君呢？”湘东顿时满脸涨红。知府突然大怒起来：“奸贼辱没我儒士斯文，势难姑息！”于是将严世藩给他的小柬递给湘东看，湘东看完，泣不成声道：“大人赶紧动手吧，以免连累大人。”知府扶他起来，说道：“你误会了，如果本府肯助纣为虐，就不会将这话给你看了。我打算放你走，你连夜去京城找海瑞大人告状，冤情才能洗刷干净！”湘东说道：“承蒙大人开恩释放了我,只是生员一走,岂不是要连累大人吗?”知府笑道:“我也不愿意在这里做官了。我的家眷不在这里,只有几个随从跟着,今晚我就和你弃官而逃吧!”

湘东不忍道:“大人十年寒窗,才取得今天的功名地位,前程无量,何必因为生员一人而毁了前途?”知府回道:“你不要再多说了,跟我走就是了。”说完命家人将湘东身上的刑具全部除掉,急忙收拾一些细软行李,又将印信挂在房梁上。(后人写到这里,都不禁称赞知府大人封金挂印,有关公遗风,真是千古美谈!)收拾完行李之后,知府大人立刻带了家人和湘东,从衙门的后门逃了出去。

等到天亮的时候,衙役们起来过堂,等了半天,不见知府大人走出来,也不听里面有什么动静,就赶紧进内堂去看。只见印箱挂在房梁上,才明白知府大人弃官逃跑了,衙役书吏赶紧飞跑去报告上司。兵备道立刻来查验仓库,没有发现亏空,就收了印信,去上报巡按和指挥。严世藩忙命衙役清点狱中关押犯人,听说胡湘东不见了,一阵大怒,顿时命写了文案,诬告知府主使湘东行刺他,现在又偷偷放跑重犯,弃官逃跑。一面派人暂去接管府衙,一面四处贴榜捉拿二人。

学道朱茝本来想要移来湘东,重审此案,现在听到这个消息,心里狐疑,只是胡生已走,只得作罢。再说知府大人带着家人和湘东才跑了三天,就看见满街都贴了通缉榜文,到处都有官差,于是不敢再白天走路了,只好趁夜里赶路。历尽千辛万苦,才一步步挨到京城。当下,知府大人找了个客店，和湘东住下。打听到青天大老爷海瑞现在是户部尚书，当下写了状子，叫湘东天天在户部衙门口候着，等海尚书回来时拦轿喊冤。欲知知府和湘东拦到海瑞的轿子，告状有什么结果，且听下回分解。

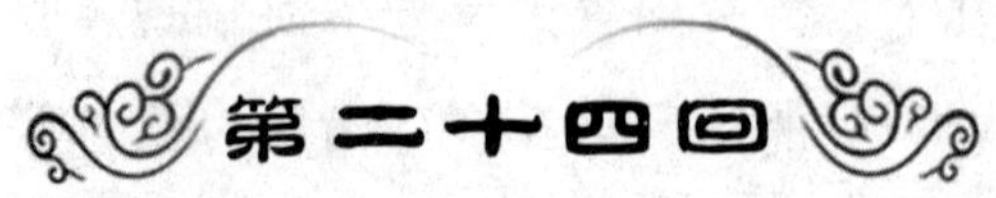

第二十四回

贼公公欺君改判　直尚书奏阉内侍

话说知府大人命湘东前去拦轿喊冤，这天正好碰到海瑞退朝，出了午门，快要到衙门口，忽见一个人扑过来大叫冤枉。湘东喊着："青天大老爷，申冤啊！"海瑞于是止住轿子，下来问道："你是哪里人氏？叫什么名字？有冤情当到地方官那里控诉，怎么跑到这里拦轿喊冤？"湘东泣道："生员叫胡湘东，是湖广辰州府人氏，原来是府学生员，只因被巡按严世藩陷害，所以才千难万难，逃离湖广，到得大人面前，恳请大人为生员做主！"海瑞一听是严世藩，心里的怒火就上来了，于是问道："你既然有冤情来告状，有状纸吗？"湘东从袖子里取出状纸呈上。海瑞接了状纸，吩咐道："先将胡湘东带到里面，待本院看完再说。"湘东叩谢不已。

海瑞回到衙门，把状纸拿到案上观看。却说知府大人在状子里将严世藩如何酒醉侮辱湘东，湘东反抗，严世藩又如何命令知府大人效法秦桧来陷害湘东，知府大人弃官和湘东逃跑，严世藩又是如何捉拿，写得淋漓尽致，字字含着悲愤之情。海瑞看完，顿时大怒，骂道："居然有这种事！严世藩欺人太甚！辱及斯文，还敢陷害，想要置人于死地，还有没有王法?”当即批道:状词已阅,严世藩罪行令人发指。本院将奏请皇上提严世藩来京审讯,如果情况属实,立即严惩不贷。辰州知府迫于权势,弃官同逃,情有可原,可立即去吏部衙门奏呈,听候旨意。

海瑞连夜写了本章,将严世藩所犯罪行,以及知府义释胡湘东、弃官同逃之事,连同严世藩上次诬陷定亲王的事情,一起写在上面。第二天早朝,海瑞上前说道:“臣海瑞有本章启奏皇上。”皇上问道:“卿有何事奏来?”海瑞于是将胡湘东如何被污,严世藩如何陷害,辰州知府如何弃官同逃,一一说了一遍,然后将本章呈上。皇上听了大笑,看完本章之后,问道:“还有这种奇事!那个知府现在何处?”海瑞说道:“现在京城的一个客店里,和胡湘东一起住。”皇上于是说道:“立即宣他来见朕。”

海瑞领旨,出了朝就命人随湘东前去客店,宣辰州知府上殿。辰州知府跪拜之后,皇上问道:“你就是辰州知府吗?”知府回奏称是。皇上就问:“胡湘东一事,你全部知道?”知府就将胡湘东为何受聘于严世藩,如何被污,严世藩如何陷害,他如何释放湘东,又细细说了一遍。皇上听完说道:“你很有仁义之心,朕将敕令吏部将你名入册,仍旧担任府道。”知府谢恩而出。

皇上问海瑞如何处理此事?海瑞奏道:“王子犯法,与庶民同罪。严世藩身为巡按,竟做出禽兽之举,还屡屡诬捏陷害,罪行重大。恳请皇上立刻提他进京,交给臣去审理。国家除掉这样的奸臣,是天下苍生的福气啊!”皇上准奏,立即下旨命廷尉官前去捉拿严世藩,交给户部尚书以及三法司审理此案。

严嵩知道了,大惊失色,连忙请张居正、赵文华到府上商量对策。赵文华说:“偏偏让户部去审,如果是别人还好说,这海瑞一向跟我们不和,这可如何是好?”张居正说:“这件事去求王惇,他跟令郎关系不一般,肯定会在皇上面前出力保奏的。”严嵩点头,说道:“足下说得有道理,那就麻烦足下替老夫前去请他过来。”张居正领命告辞,立刻去了东厂。王惇现在权威势众,东厂西厂都归他管,六部之权,也有许多在他的手里。所以六部人员每天来拜,竟然门庭若市。张居正在门口等了半天,又等王惇吃完点心,才被传了进去。

王惇坐在上面剔牙,张居正跪下,喊王公公,那王惇就好像没听见一样,依旧剔着牙,半天才问:“下面跪的是谁呀?”左右小太监回道:“礼部尚书张居正,来了半天了。”王惇不紧不慢地说:“早参的时间已经过去了,还来做什么?”张居正赶紧说道:“卑职奉了太师钧旨,来请公公到府上说话。”王惇笑道:“既然是太师之命,你起来说话。”张居正谢过,立于一侧。王惇问太师请他有什么事?张居正就将廷尉前去捉拿严世藩交给户部以及三法司会审的事情说了,又说严嵩无措,知道公公和少爷是八拜之交,遂请公公帮忙想想办法。王惇听完问道:“这事是从哪里起来的?”张居正回道:“是那个胡湘东来京城告状,告到了户部闹的。”王惇于是说道:“那么这件事是户部的海瑞在皇上跟前说的?”张居正点头道:“正是这厮,他还请皇上下旨,交给他审问,真是冤家碰上了死对头!”

王惇想了想说:“咱家不去相府了,你且回复太师,叫他放心,咱家和他令郎是相好,不会坐视不理的。待明日上朝,咱家自会在皇上跟前言说。”张居正辞谢,忙回相府复命。

第二天退朝之后,王惇便跪在地上奏道:“奴才有个下情,恳请皇上开恩,听奴才禀告。”皇上说:“你有什么事,尽管起来说。”王惇谢恩,起来奏道:“严家父子有恩于国,现在受到狂生污蔑,又被户部尚书诬奏,以致天威震怒,差廷尉官前去捉拿。请皇上三思而行!”皇上说道:“单听胡湘东的话,朕肯定不信,但是现在有辰州知府一同为证,不能不信。朕念其父子功勋,不忍追究,奈何世藩所犯,触犯律条,又能怎么办呢?”王惇趁机说:“皇上掌握生死大权,想要宽恕臣子,只在一句话。为今之计,恳请皇上广施仁泽,将严世藩罚俸三年,革职留任,这足以惩罚他的过失了,何况《春秋》上说:罪不加尊。世藩现在是封疆大吏,也算尊贵了。皇上何不效仿《春秋》之义,恩赦了世藩,好让天下人都知道皇上的恩德?”皇上准奏,即派快马将圣旨追回,另颁圣旨,命吏部、兵部将严世藩罚俸三年,革职留任。胡湘东加恩赐为举人,留京会试,以补偿他的屈辱。

海瑞听罢,怒火中烧,心想:如此大事,王惇一句话就免议了,这还有没有王法?宦官如此专权,将来朝廷都要坏在他们手里了。于是又连夜写了本章,要治治王惇。天亮上朝,海瑞拿了奏章上前说道:“臣海瑞有本启奏皇上。”皇上问道:“卿又有什么事?”海瑞将奏折呈上,皇上一看,是奏请重新阉割太监,以肃清宫闱,并差宗人府每隔五年查验复阉一次。顿时笑道:"卿家所奏,正合朕意。只是宗人府丞事务繁多,恐不能细细去查验,这件事就委托卿家办理吧。"海瑞谢恩,当下在大殿之前大呼道:"户部尚书海瑞奉旨查验宦官,如果谁敢藏匿,即以违制律处罚!"海瑞故意在大殿上连呼三次,君无戏言,让文武百官都听到,以防皇上反悔,收回成命。内侍们听了,一个个吓得面如土色。

海瑞领了圣旨,立刻传宫闱总管老太监沙惠元前来,吩咐他将宫内年纪六十岁以下的,一律登记姓名、年龄,造册交过来。沙惠元领命回去造册不提。过了两天,海瑞接到花名册,展开一看,各处太监加在一块,一共有一千五百人。当下海瑞唤书吏进衙,令他在本衙内选六十人,再去有司衙门借精壮差役六十名,一同前去查验内侍。众书吏领命立刻前去备办,又到大兴县衙,借得精壮差役六十名,前来供役。书吏将做好的告示牌子抬进来,海瑞签押完,命悬在午门之外,惊动了许多太监都来观看,个个吐舌、皱眉,叫苦连天。

那王惇跟前的小太监连忙跑回来说:"明天海蛮子要将咱们再阉割一遍呢!"王惇说:"随他胡闹,不干咱们的事!前天老沙来造花名册,被咱家抢白了几句,就差人说不敢把咱们这里人的名字上册,怕什么!"

不说王惇骄横,却说海瑞细看花名册,不见王惇的名字,心想:这沙惠元竟连王惇的名字都不敢上册!我正要收拾这个人,岂能由他漏网?想到这里,吩咐海安道:"明天你把圣旨以及万岁龙牌,供在当中,吩咐刀斧手、皂隶等,务必聚齐,我一喊打,立即拿下,绝不容情。"吩咐完,海瑞又想:不妥,他们到底是天子亲近的家奴，我若行刑，有损体面。海瑞想到这一节，赶紧进宫见皇上说："臣奉命查验宦官，碰到藏匿不遵的，理当绳之以法，以正宪典。只是他们都是皇上家奴，如果行刑，多有不便，所以微臣特地前来请旨。"皇上说道："你是替朕办事，他们何敢不遵？碰到藏匿不遵的奴才，卿家只管严惩，休要留情。"海瑞谢恩，皇上又怕他们恃强不服，就派了四名御前侍卫同去，听候海瑞差遣。

海瑞回到衙门，即摆酒请四名侍卫共饮，酒至半酣时，海瑞请四位明天勿要畏惧，只管拘拿藏匿的内侍。四个侍卫道："我等在里面受够了这班狗奴才的窝囊气，明天他们不犯不说，只要有犯，岂能放过？"海瑞欢喜道："这才是给皇上办事的样子！"当下，几个人又畅饮起来，尽欢而散。

却说总管沙惠元一大早就来了，海瑞念其年老，忙命人搬来椅子，让他在一旁坐着。海瑞升堂之后，吩咐阉割手前来伺候，再令内侍进来，一会儿，五百人一起进来，站在东边，个个面如土色。海瑞看了，笑道："你们不要害怕，只要是阉割过的，经查验之后，就永远不用再割了。"接着，命六十名书吏，分做六队，每队领五十名内侍，详加搜验，之后，督促阉割手，不得徇私，否则立刻打死。不一会儿，东边堂下喊疼之声尖叫不绝。沙惠元听了，不觉捂住耳朵，闭上双眼。海瑞镇定自若。不到两个时辰，阉割完毕，海瑞命对不应阉割的造册，然后问沙惠元："东厂王惇、西厂柏霜，为什么没来查验？"沙惠元说道："他二人自称是厂臣，不属内院，不肯报册。"海瑞怒道："岂有此理！他虽在厂，也是家奴，胆敢违抗圣旨？"

说完吩咐四名御前侍卫，分做两路提王惇、柏霜，四人如飞而去。

柏霜先被带过来，侍卫称没有找到王惇，海瑞吩咐侍卫去严府找人，四人急忙去寻。却说这柏霜进来之后，笑道："咱家是侍奉皇上的人，岂能受你约束？你一个小小的尚书，怎么如此大模大样的？"海瑞大怒，吩咐海安端上香案，将圣旨、龙牌供在当中，柏霜这才跪下。海瑞在一旁说道："本部堂奉旨办事，如有不遵，就属抗旨！来人，给我拖下去先打八十大板，再行阉割！"柏霜这下慌了，赶紧求饶，左右不由分说，拖过去，剥下冠袍就打，打完又阉割，正好侍卫带着王惇进来了。欲知王惇下场如何，且听下回分解。

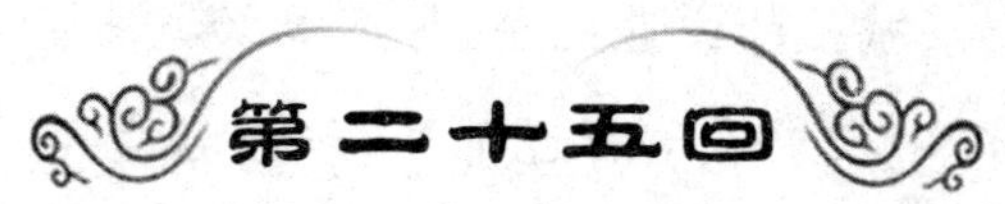

弹劾丞相祸继盛

话说王惇被侍卫带到海瑞面前，看见柏霜这样下场，当时心惊肉跳，又见圣旨供在当中，赶紧跪地求饶。海瑞问道：“为什么迟迟不来查验？”王惇说：“早上皇上召咱家进宫问话，所以来迟。求大人看在厂臣面子上，免验吧！”海瑞说道：“既是皇上宣召，迟到了可以饶恕。查验却是朝廷公事，海某怎敢以私废公？”说完吩咐带下去查验，再行阉割，王惇痛不可忍，大叫一声，晕了过去。

醒来之后，海瑞对他说了为什么要重新阉割内侍，又劝他好自为之，王惇听了，才知道是自己庇护严世藩一案所致，于是悔悟道：“咱家以后再也不干扰朝廷大事了，请大人开恩，咱家自当改过自新。”王惇被去势以后，从此以后不敢作威，安分度日。海瑞把内侍阉割完毕，进宫复旨，并奏知王惇知错能改。皇上龙心大悦，称赞海瑞正能驱邪，于是赐匾旌表海瑞的忠直，上面用御笔亲自写了“盛世直臣”四个大字。

严嵩等人正在为王惇改过而痛惜失去臂膀，又听说皇上赐匾，更是对海瑞恨得牙痒，只是苦于无计可施。忽然南京来报说户部尚书之位缺人，严嵩等便保举海瑞前去，意欲再将海瑞调离京城。却说这南京(原名金陵)是当年太祖皇帝建都的地方,后来永乐皇帝迁都北京(原名北燕),那金陵改名南京之后,仍有宫殿、诸王府第以及先帝陵墓在此,所以实设户、礼、兵、刑、工五部尚书在此,只缺吏部,任命官职仍归朝廷管辖。这南京是诸王居住地,事务繁多,责任重大,人人都不愿前来做官,而且没有才干贤能的人,在这里也胜任不了。皇上见了奏章,寻思南京重地,只有海瑞去才放心。于是皇上同意严嵩等人的保举,降旨调海瑞为南京户部尚书,即日启程。

海瑞领了圣旨,便带了家眷到南京赴任。严嵩等人看海瑞不在朝中,更加横行暴虐。严世藩也回到京城,恢复原职。除王惇不再参与作恶之外,其余一帮奸臣贼子,把朝廷上下弄得乌烟瘴气。严世藩在辽东地区开马市,私自允许夷、汉之间进行贸易,自己从中取利,大小官员都不敢谏阻;严嵩效法王安石青苗钱法,青黄不接之时,以高利贷形式借给百姓银钱,等到稻麦成熟时偿还,使百姓生活更加苦不堪言;又将北直一带关隘的兵撤走私用,使朝廷关隘被北藩盘踞着,滋扰边民,边报一天天加急,而严嵩就是不肯发兵救援。这样的事情数不胜数。

当时有个兵科给事中叫杨继盛,恨死了奸臣严嵩误国,于是连夜写奏章,揭发严嵩十大罪状。刚写完草稿,忽然窗前烛火一下子灭了,杨继盛十指疼痛。又听到鬼哭泣的声音从窗外传入,接着便看到杨家先祖站在面前,以手指着奏稿,再三摇手,然后一阵阴风过去,什么都不见了。杨继盛惊讶:

莫非先人显灵，不让我上这本奏折吗？转念一想：食君之禄，当报君恩。严嵩等人以权谋私，祸国殃民，就是被砍头，也要奏与皇上知道。于是叫他儿子杨琪替他誊稿，杨琪看后，劝父亲不要以卵击石，杨继盛怒喝儿子誊稿，杨琪无奈照办。清晨上朝，杨继盛出列上奏严嵩、赵文华、张居正、严世藩等欺君罔上，专权误国，将本章呈上。

皇上看完，有点不高兴，可是杨继盛所说句句属实，于是对杨继盛说道："卿只是一个给事，擅自弹劾大臣，有点过分了。本章留下，朕自有处置。"皇上退入后宫之后，命内侍召严嵩觐见，把奏章拿给他看了。严嵩赶紧污蔑杨继盛与他有过节，故意捏造罪证陷害与他。皇上说："杨继盛也未必全是捏造的，爱卿有则改之，无则加勉，不要再出现这种情况了。"严嵩泣道："皇上真是待臣如子啊！"

严嵩回到府中，急忙召张居正、赵文华前来，把杨继盛的奏章拿了出来。张居正吓得汗流浃背，赵文华则是目瞪口呆，两人都半天说不出话来。严嵩于是又说皇上宽容，没有理会这件事，两人都舒了口气。赵文华说道："太师应立即除掉这个人，以防再生祸事。"严嵩说："你们有什么好计策收拾他？"张居正说道："为今之计，太师可以矫诏杀掉他。"严嵩称妙，立即使人诬告杨继盛，然后矫诏使廷尉拿人。当时杨琪正在书房临池，忽家人来报："老爷已经被廷尉带走，听说是因为前天上的奏折，严嵩要斩草除根，少爷赶紧逃命吧！"杨琪叹道："覆巢之下，哪里还会有完好无损的卵呢？"家人劝道："少爷现在逃命还来得及，快走吧！"杨琪不听。不几天，杨继盛父子都被鸩杀在狱中。而皇上并未知情，严嵩等人更加凶残横行。

图十　杨继盛弹劾丞相

再说，当时有个苏州知府莫怀古，三年任满之后升了光禄寺丞。于是莫怀古就带着小妾雪娘、仆人莫成来到京城任职。一天请来装裱匠汤忠裱糊书房窗壁，怀古无事拿出一个莹洁白润的玉杯把玩，不巧被这汤忠看见了，好生羡慕。怀古一看，知他内行，便问："你也好这个吗？"汤忠回道："小的曾开过古玩店，略知一二。"怀古又问："那你说这个杯子叫什么名字？"汤忠笑道："这是温凉宝玉杯，又叫'一捧雪'，是隋朝的宝物。隋炀帝当年在江都陆地行舟，有余氏进贡两只杯子，所以又叫余杯。后来隋炀帝和萧后喝醉了酒，失手打碎了一只，就剩下这一只了。斟上酒之后，杯子随酒变色，温凉有度，真是稀世珍宝啊！"怀古道："你说的果然不差，这杯是家传之宝，平时不轻易示人，今天你很幸运看到了。"说罢带汤忠去上房装裱，正好雪娘在里面，汤忠瞥见了，不觉魂都飞了，一边做活，一边拿眼睛不住地看，雪娘在里面做针线竟没发觉，所以让汤忠大饱了眼福。

汤忠裱完活回去之后，一直胡思乱想，最后竟然想条毒计出来。过几天，汤忠到了严世藩府中，这汤忠常到严府鉴赏古玩，挺受赏识的。当下严世藩问他："这几天有什么好玩的？"汤忠就说了莫怀古家里有个传世之宝"一捧雪"，又将这个玉杯的来历细细地说了一遍。严世藩一听，就说："你去跟他说，我要出钱买了这个杯子。"汤忠听罢说道："恐怕不好办，那个莫老爷看着挺古板的，他曾说过，不轻易将这玉杯示人，更不用说卖了。”严世藩说：“你先去问问，他如果不同意，我再作打算。”

汤忠来到莫府说明，怀古自然不会同意。汤忠于是进言说：“你现在得罪谁，都不能得罪严府，老爷最好还是舍了这个杯子吧！”怀古拒绝道：“我情愿不做官，也不能舍了家传之宝。”汤忠就说：“那老爷可以找块白玉，模仿‘一捧雪’的样子，做一只送去就是了。”怀古说道：“露出马脚来，反而不好，还不如不送呢。”汤忠劝道：“没有问题，老爷送杯过去，严府肯定叫小人前去辨认，小人说是原物就可以了。”怀古于是同意送杯，当下找人选了一块雪白的羊脂玉，唤精工巧匠连夜赶工。

汤忠回到严府，撒谎说莫怀古同意献杯，并且还准备了几样薄礼，过两天一起送过来。严世藩听了，自然很高兴。过了几天，汤忠又来到莫府问假杯做成没有。怀古取出来让他看，那汤忠拿到手里，假意称赞一番说：“果然是巧匠，做得跟真的一样。明日老爷亲自过去，带几色赔礼过去，那严大人必然喜欢，这样就掩饰过去了。”怀古听了大喜，就备了几样礼物，把假杯送到严府。严世藩喜不自胜，设宴招待，怀古以为掩饰过去了。第二天，严世藩果然找汤忠来辨认真假，汤忠故意吃惊道：“这个哪里是温凉宝玉杯呀！分明是个赝品。”严世藩急了，问道：“你怎么看出它不是真的？”汤忠说道：“真的斟酒在里面，立即改变温凉，玉色可以随着酒色改变，大人不信，一试就知道了。”严世藩立即命人斟了满满一杯酒，果然玉色不变，酒也不温不凉。严世藩见杯子是假的，不觉大怒道：“莫怀古是什么东西，竟敢当面欺负我，这还了得!”汤忠又在旁边煽风点火:“那莫怀古不将大人看在眼里,所以这样……”严世藩此时犹如被点着了一样,立刻吩咐左右家丁开道,跟着汤忠,往莫府搜真杯去了。

莫怀古自从送了假杯之后,心里不安,这会正在和雪娘说这件事,忽然莫成慌慌张张跑进来说:“大事不好了!严府验出了是假杯,现在这个严大人正带人来抢真杯呢!”说完便往里面跑去。怀古听完,惊慌失措,又听外面吵吵嚷嚷说:“快快出来接见!”莫怀古急忙出迎,只见严世藩怒火冲天,见到莫怀古便骂:“你吃了豹子胆了,竟敢来哄我?该当何罪!”莫怀古说:“卑职只有这只玉杯,已经交给大人了,哪里还有真的假的?”严世藩说道:“少来哄我!那温凉宝玉杯的来历我已经知道了!你送过去的就是个假的,还敢抵赖?本部堂要是搜出真的了呢?”莫怀古只好强硬说道:“随便大人去搜好了!”严世藩更加愤怒了,立刻吩咐家丁里里外外地搜,却始终没有找到。于是便对莫怀古说道:“限你三天,交出真杯,否则,提你的人头来见!”说罢,恨恨地走了。

莫怀古气得昏了过去,雪娘赶紧掐人中,莫怀古半天才醒过来,说道:“怎么不见了真杯?这可怎么办?”雪娘回道:“刚才见莫成在里面,后来便不见了,估计是他事先把杯子藏起来吧。”话音未落,莫成从屏风后面转了过来,说道:“差点就被他们搜出来了。”就将刚才飞跑进屋拿起杯子,从后门逃出去,等他们走远才回来的经过说了一遍,接着将杯子交给怀古。怀古把严世藩的期限告诉了莫成。莫成问他什么打算,怀古说道:“这杯子是先人留传下来的遗物,怎么能够落在奸人手里？我宁肯官不要了，也不能把杯子交出去！"莫成说："那就请老爷早点走吧！"怀古于是令莫成、雪娘收拾细软，连夜逃离了京城。

严世藩这边，立即有人报告，严世藩大怒道："还怕他飞上天去！"当即着张居正出了一张广缉逃官的捕文，赵文华差了兵部差官，沿路追过去。莫怀古带着家人，急急忙忙出了城，朝小路跑去。担惊受怕地跑了两夜之后，住在一个小店里歇脚。雪娘本来身怀六甲，路上辛苦，动了胎气，到了晚上肚子疼痛，到了后半夜，产下一子。怀古虽然高兴，可是在奔逃的路上，带着个刚出生的婴儿，未免嫌他是个累赘。第二天，怀古雇了一辆小暖车，让雪娘坐了，一家人继续往南，想要跑回四川。

这天，跑到黄家营，怀古骑着马，押着车子在前面走，莫成在后面跟着照看行李。突然前面冲过来几个人，大声喝道："逃官哪里走？"怀古在马上吃了一惊，还没反应过来，就被那几个差官，不由分说，拽下马来。雪娘也被差官拿下。马夫吓得魂不附体，急忙往回跑，碰到莫成，连忙告诉他主人被抓了。莫成大惊，不敢再往前，于是把行李寄放在附近的小店里面。沿路打听前面只有黄家营总兵戚继光驻扎，莫成记得捕文上说的是，不问地方，抓住就叫有司就地正法，想来差官是要把莫怀古交给总兵正法。莫成连忙赶上去，远远看见主人，不敢上前，只好躲在松树林里，天渐渐地黑了下来。

欲知莫怀古夫妇生死下落，稀世珍宝温凉宝玉杯是否落入贼人之手，且听下回分解。

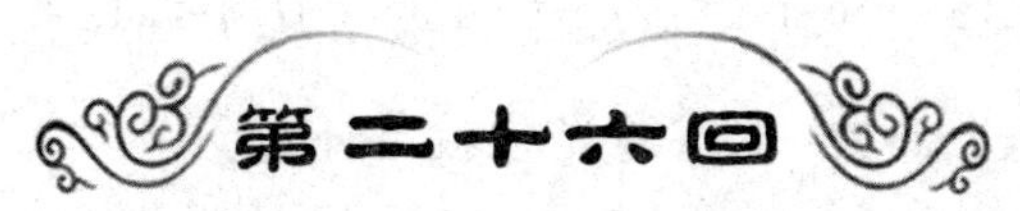

第二十六回

太子登基奸臣倒 红袍遮身刚峰逝

话说莫怀古夫妇被差官押着，一路往黄家营总兵驻扎的地方进发，约摸一更天才来到营门口。差官通报进去之后，见了戚总兵，细说了逃官莫怀古已被抓获，现奉太师钧旨，请当地有司正法。戚继光便问逃官是什么人？四个差官说道："逃官是前任苏州府知府，后来擢升京轶的莫怀古。"戚继光一听，心里不觉吃了一惊，暗暗叫苦。原来戚继光以前曾在苏州任参将，和莫怀古是刎颈之交。现在突然听说，很是震惊，只好装作镇定说："既然是逃官，又有太师钧旨，应该就地正法。只是你们有什么凭据吗？"差官从怀里掏出一道牌文。

戚继光一看，果真有丞相和兵部的印信，于是将牌文收下，吩咐道："先把犯官关押在后营，待本镇传齐军官，立刻摆围处决。"差官又催促了几句，才将莫怀古夫妇交给军士。再说莫成看见主人进了营门，急忙赶过去跟着，等差官过去之后，立刻冲进营，早被军士拿下。莫成叫道："我不是坏人，是犯官莫怀古的家人，有机密要见你们大老爷。"军士于是将莫成带到戚继光跟前，戚继光正在灯下思考如何救莫怀古。看见莫成来到，立即喝退军士，问道："莫成，你家老爷怎么犯的罪,你快快说给我听!”莫成便将事情从头到尾说了一遍,说完,跪在地上痛哭,求戚继光救救莫怀古。

戚继光立刻私下里命人将莫怀古夫妇带过来,当下一家子坐在一起痛哭。戚继光赶紧劝道:“现在不是哭的时候,赶紧想个办法逃脱吧,到了明天,就没命了。”怀古道:“死就死吧,能有什么计策呢?”莫成想了想,望着主人说道:“小的承蒙老爷豢养至今,又替小的成了家,现在已经有了子嗣,死了也没有什么遗憾了!如果非死不可,就让小的替老爷去吧!”戚继光听了,不觉跪在莫成面前说:“如果这样,你的主人就不用死了。”怀古说道:“岂有此理,这是我的事,怎么能连累你!”莫成说道:“老爷是莫家的一根独苗,岂能不顾莫氏宗祧啊!”怀古一把拉起他,说:“我现在已经有儿子了,还怕什么?”莫成说:“才出生十几天,哪里算成人?老爷不要错了主意!”转头向戚继光说:“求大人立刻绑了小的,放了我家老爷,小的死也瞑目。”戚继光嗟叹不已,劝怀古不要太迂腐,也好成就莫成的忠义美名。好说歹说,那怀古才点头,和雪娘对着莫成拜了又拜,三个人一起抱头大哭一场。

当下,戚继光立刻命人将莫成上锁,给怀古开锁,又取出号衣、军帽和令箭一支,叫怀古赶紧换上,立刻逃走。接着又对雪娘吩咐,待会行刑时,务必把莫成当成怀古来哭,千万不能露出马脚。接着,迅速着人将雪娘、莫成带回后营。当时已经是三更天了,戚继光一面命人去请差官来监斩,一面吩咐军士摆围押犯,不用多点火把。到了校场,莫成在前面不停地骂严贼、装裱匠汤忠,过了一会儿,雪娘扑到公案前面,军士要将她乱打,戚继光连忙喝住。雪娘恳请当面与夫君诀别,戚继光准了。雪娘立即上前,抱住莫成就哭,并大声诉说夫妻之间的情义。莫成悄声说:“夫人附耳过来,我有话说。”雪娘立刻附耳过去,莫成说道:“玉杯藏在我腰间,你拿过去交给戚老爷保管,等老爷回来再带回家。”雪娘听了,悄悄从莫成腰间摸过玉杯,藏到自己身上。

莫成引颈受刑之后,差官便封了首级,押着雪娘,回去复命。几个差官嫌雪娘抱着的孩子终日啼哭,夺过来扔在地上。幸亏戚府的家人看见了,连忙抱了回去,戚继光立即雇来乳母细心抚养,又厚葬了莫成,以报他的忠义之心。后来,戚继光命人将莫怀古的孩子抱回四川交给莫夫人抚养,取名为寄生,这孩子长大成人,在隆庆年间进士及第。莫夫人又视莫成之子如同亲生儿子一般,亲自教他读书,最后也中了进士。

差官回到京城,严世藩发现不是莫怀古的首级,大怒,即刻差廷尉去黄家营拿戚继光进京。那汤忠趁机向严世藩讨雪娘为妻,严世藩同意了。成亲之夜,雪娘身怀匕首,刺杀汤忠之后,也自尽了,严世藩不胜惊讶,遂命人收殓完事。戚继光到了京城,听说雪娘已死,坚决不承认有假首级的事情。严世藩见死无对证,只好作罢,仍放戚继光回去。听说莫怀古一路南逃,也不敢回家,最后搭上货船去海外避难去了,多年以后,严嵩父子领罪下狱之后,才从国外回来,这且不表。

不久,嘉靖皇帝忽然一病不起,自知年限已到,就召严嵩等人,将太子托付给他们,遗诏刚立完,就大叫一声,驾崩了。

当天，文武百官，将灵柩停放在正殿上，请太子挂孝。过了三天，严嵩等人却不发丧，张皇后听说了，赶紧召集一班老臣，扶持太子在灵柩前即位。太子登基以后，改年号为隆庆元年，尊母亲张皇后为皇太后，立贵妃袁氏为皇后，将嘉靖皇帝葬在恭陵，又颁发诏书大赦天下。

再说，海瑞自从到南京以来，一切大小事务都用心处理，办得井井有条，非常公正严明，诸王都很敬服。不知不觉，三年又过去了，海瑞正要请旨回去参见皇上，突然接到哀诏，海瑞一看皇上驾崩，顿时大哭，立即和这里的文武百官挂孝开丧，设灵位祭祀。海瑞听说太子即位，恨不得立刻飞回去奏本参严嵩父子的滔天罪行，但又不能进京面见皇上，整天为国事忧心忡忡，以致一病不起。一天，海瑞对夫人说道："我要和你分别了。自从我当官以来，从县令到封疆大吏，从来没有拿过老百姓一针一线，箱子里只有一件红色的袍子，等我死了以后，你拿这件红袍把我装殓了，以表我这一生的耿直！另外，这些奏章都是我前些日子写好的，还没来得及呈给皇上，你想个办法一定把奏章送到皇上手里，否则我死不瞑目。"说完就去世了，夫人大哭不止，随后遵从海瑞的心愿，将这件大红袍盖在海瑞身上，准备买棺材入殓。诸王听说了，都含着眼泪来吊唁。夫人翻箱倒柜，家里竟然没有一个铜板，回不去家乡，诸王赶紧飞传奏章给皇上。

却说太子即位以后，严嵩等人，想起往事，心里不安，屡屡请旨归田，皇上不准，遵先皇遗诏仍旧任严嵩为丞相。皇上想起海瑞，立刻拜海瑞为文华殿大学士，派使臣前去南京迎接回朝。使臣到了南京，才知道海瑞刚刚去世，叹息不已。海瑞夫人托使臣将海瑞遗折带给皇上，于是使臣回京复命，将海瑞去世时家里一贫如洗，入殓时只有一件大红布袍遮盖身体，家眷因为身无分文，不能带海瑞的灵柩回广东，在南京落魄不堪的情形一一奏于皇上，并拿出海瑞临终前写的奏折。皇上接到诸王奏折，又听使臣回奏，不胜感慨，念及海瑞忠诚勤恳、一生耿直，赐谥号忠介，追赠少保，又命本省拨帑项银子一万两，护送海瑞灵柩回家乡安葬。皇上看完海瑞临终前写的奏折，都是参劾严嵩父子的罪状，接着又听到朝中许多大臣参劾严嵩的党羽，不禁大怒，立刻将严嵩父子、张居正、赵文华等人下狱，从此天下肃清，老百姓们都非常高兴，拍手称庆。

又有人说，海瑞并没有病死在南京任上，而是因为年老多病，上表请归故里，皇上准奏，并加封他为内阁大学士。海瑞即命海雄前去告诉儿子告养回家，又叫海安收拾行李，带着夫人离开京城。一时之间文武百官都来送行。海瑞一家回到广州琼州府，重新过起了耕田纺织的农家生活。

海瑞的一大群门生，听说海瑞告老还乡，纷纷备办寿礼前去广东为恩师祝寿。那一天，大家不约而同地停泊在广东省的大码头上，当天晚上，月明风轻，众人都站在船头赏月消遣，忽然看见远远水面上开过来十多艘官舫，中间一座大船上，有两面大红的绣金大旗，旗上写着“天下都城隍”五个大字，两边全副执事，居然是牛头马面。当中坐着一尊神，身穿大红袍，腰围玉带，头戴乌纱，威风凛凛。大家仔细一看，却是恩师海瑞的模样，正要招呼，一切又忽然不见了。众人心里暗暗称奇。

第二天，正好是海瑞百岁寿辰，众门生个个身穿红袍一起来到海瑞门前，邻里乡亲，都来庆贺。海瑞大摆筵席，诸位有官职的按爵位大小坐，没有官职的按年龄大小坐下。酒过三巡，海瑞举杯说道："各位贤契，诸位乡邻：老夫一生，遭受严嵩百般陷害，承蒙皇天保佑，历来大难不死，反而扳倒严嵩，为朝廷除掉奸臣。老夫现已告老还乡，不想又出来个张居正，恃宠专权，残害无辜，老夫心里气不过，又去京城供职，想要扳倒他。蒙皇恩浩荡授我为耳目之官，千方百计还是没有扳倒他。多亏杨老起兵，这才把他打回原籍。想我这八十年间，也做过许多惊天动地的事情。今天是老夫百岁生日，能和贤契乡邻们喝酒谈心，真是惬意啊！"说完哈哈大笑，突然不动，众人大惊，上前一看，已经归天。众人一下子放声大哭，里面夫人听说，哀伤过度，一下子也魂随海公而去。当下众人开始料理丧事，并奏本朝廷，皇上立刻差官前来御祭御葬，赐谥号忠介，加赠太师诰敕，又让地方官竖起牌坊旌表海瑞一生的功劳。

后来这一班门生，都传着说在船上看见旗上写着"天下都城隍"的事情，于是就命工匠在广东省省城盖起了庙宇，牌匾上写着"天下都城隍庙"，殿里塑着海瑞的金身，两边立着判官，从此以后香火不绝。